SOKO RUREIFEL

Der Legionsadler

©Detlef Schumann 2025

Detlef Schumann wurde 1961 in Wülfrath (Kreis Mettmann) geboren. Seit 1975 lebt er in der Rureifel und lernte seit dieser Zeit die Region zu lieben. Er lebt mit seiner Frau im selben Ort wie seine Hauptfigur. Die Figur "Stine Hartmann" und die "SOKO Rureifel" ermitteln in der beliebten Ferienregion. Die Fälle haben immer einen besonderen Hintergrund und bilden die Besonderheit der Rureifelregion ab.

Alle Namen und Figuren in diesem Roman sind frei erfunden. Ähnlichkeiten zu lebenden Personen sind zufällig und nicht gewollt.

Anmerkung des Autors:

Der geschichtliche Hintergrund dieses Kriminalromans entspricht der Realität.

Literarische Quelle: Gaius Julius Caesar: Commentarium libri VII de bello Gallico, Buch 5, 24–37; 6, 32–40 [Hauptquelle]

Bibliografische Information der Deutschen Nationalbibliothek: Die Deutsche Nationalbibliothek verzeichnet diese Publikation in der Deutschen Nationalbibliografie; detaillierte bibliografische Daten sind im Internet über dnb.dnb.de abrufbar.

Die automatisierte Analyse des Werkes,
um daraus Informationen insbesondere
über Muster, Trends und Korrelationen ge-
mäß §44b UrhG („Text und Data Mining")
zu gewinnen, ist untersagt.

Korrektorat: Max Hutmacher

Coverbild: Stadtmauer Nideggen

Covergestaltung: Detlef Schumann

Verlag: BoD · Books on Demand GmbH,
In de Tarpen 42, 22848 Norderstedt, bod@bod.de

Druck: Libri Plureos GmbH, Friedensallee
273, 22763 Hamburg

ISBN: 978-3-7693-1761-9

Ambiorix, der junge Häuptling der Eburonen, blickt sehnsüchtig zur Furt über den
Fluss. Es ist Herbst und die Vorbereitun-
gen zur Vernichtung von einer Legion und
5 Kohorten sind abgeschlossen. Er verfügt
über ca. 30.000 Krieger. Alle kampffähi-
gen Eburonen, Treverer und Nervier haben sich ihm angeschlossen. Am Vorabend
warnte er die Römer vor einem gewaltigen
Heer der Germanen und empfohlen, in ein
anderes Winterquartier zu flüchten. Diese
Furt, an der seine Krieger im Hinterhalt
liegen, ist die beste Stelle zur Überquerung der Rur.

„Hoffentlich sind die Römer auf meine
List hereingefallen. Wir haben nicht genug
Vorräte für den Winter und ein Angriff auf
das gut befestigte Lager stehen wir nicht
durch", denkt er sich.

Es vergeht einige Zeit und die Vorhut der
Römer taucht an der Furt auf. Die Kelten
lassen eine Überquerung zu. Dadurch ist

erstmal ein Drittel der römischen Kampf-
kraft außen vor.

*Ambiorix überprüft seine Waffen, rückt
seinen Helm zurecht und gibt seinen Un-
terführern stille Zeichen für den Angriff.
Kurz darauf kommt der Hauptteil der römischen Legion zur Furt. Gut die Hälfte
der Römer sind im Fluss als Ambiorix das
Zeichen zum Angriff gibt. Vollkommen
überrascht und nicht auf einen Kampf ein-
gestellt haben die Römer gegen eine kelti-
sche Übermacht keine Chance. An diesem
Tag im Herbst 54 v. Chr. färbt sich das
Wasser der Rur in ein grässliches Rot. Es
überleben nur wenige Römer den unglei-
chen Kampf.*

*Der römische Adlerträger kann sich
schwerverletzt vom Schlachtfeld entfernen.
Völlig entkräftet schleppt er sich an das
Ufer. Mit der rechten Hand hält er immer
noch den Legionsadler. Noch im Todes-
kampf schützt er den Adler vor fremden*

Händen und versteckt diesen unter seinem Körper.

Als Julius Caesar in seinem Quartier in Oberitalien von der vernichtenden Niederlage seiner Legion und dem Tod von zwei Legaten erfährt, ist er zutiefst erschüttert und wütend. Er kann nicht begreifen, dass ein Freund des römischen Volkes solch einen Verrat begeht.

Der römische Feldherr entsendet Legionen in das Eburonengebiet und befiehlt die vollständige Vernichtung dieses aufsässigen Volkes.

1

„Das war ein herrlicher Urlaub", ruft
Hauptkommissarin Stine Hartmann in die
Runde und lehnt sich zufrieden zurück.
„Schade, die 14 Tage sind viel zu schnell
vorbeigegangen. Ich könnte noch eine
Weile hierbleiben".

Stine und ihr Mann, Martin, haben ihren
Urlaub in Norden bei dem befreundeten
Ermittlerpaar Birte Hansen und Knut Keller von der Kripo Aurich/Norden verbracht. Bei überwiegend schönem Wetter
haben sie die Tage für Strandspaziergänge,
Wattwanderungen und Ausflüge nach
Norderney, Neuharlingersiel, Carolinen-
siel und Greetsiel genutzt. Doch die ruhige
Zeit geht ihrem Ende entgegen. Morgen
geht es wieder nach Hause, zurück in die
Rureifel. Das Gepäck ist größtenteils
schon im Kofferraum des Autos. Nach
dem Frühstück am nächsten Morgen wird

noch der Rest verladen und dann geht es los. Vier Stunden Autobahn liegen vor den beiden.

Doch jetzt wollen die vier Freunde ihre restlichen Stunden genießen. Knut Keller füllt allen noch von dem herrlichen Wein nach. „So, das war die letzte Flasche. Ihr habt meinen ganzen Weinvorrat vernichtet. Es wird Zeit, dass ihr wieder zurück in die Eifel fahrt", bemerkt er süffisant. „Ich glaube aber, sobald ihr weg seid werden wir euch vermissen". So geht der gemütliche Abend auf der Terrasse in Norden langsam seinem Ende entgegen.

Am nächsten Morgen zieht der Geruch von Tee, Kaffee, Brötchen und Rührei mit Krabben durchs Haus und die vier lassen sich das Frühstück schmecken. Martin Hartmann schaut auf seine Uhr. „Verdammt, schon halb elf", ruft er aus. „So langsam sollten wir uns auf die Socken machen. Dann sind wir noch am frühen

Nachmittag in Kreuzau. Wir müssen ja auch noch Stines Dienstwagen von der Dienststelle holen".

Stine und Martin laden die restlichen Gepäckstücke in ihr Auto. Nachdem sich alle mit Umarmungen voneinander verabschiedet haben, fahren sie los. Über die Bundesstraßen 72 und 210 erreichen sie nach einer halben Stunde die Anschlussstelle Emden-Ost und fahren auf die Autobahn 31 in Richtung Ruhrgebiet. Vor ihnen liegen 240 Kilometer auf dem sogenannten „Ostfriesenspieß". Kurz hinter dem Emstunnel bei Leer klingelt Stines Handy. „Hallo Michael", begrüßt Stine gutgelaunt ihren Chef, Polizeidirektor Michael Ritter. „Mein Dienst fängt erst morgen an. Wusste gar nicht, dass deine Sehnsucht nach mir so groß ist". „Hallo Stine, das hat nichts mit Sehnsucht zu tun. Ich wollte dich nur schon mal vorab über euren nächsten Fall informieren". „Schieß los!"

fordert Stine ihren Chef neugierig auf. „Bin ganz Ohr". „Wir haben einen Leichenfund in Mützenich. Die Leiche ist mittleren Alters und männlich. Der Tote wurde auf einem Quarzit Stein, den der Volksmund „Kaiser Karls Bettstatt" nennt, aufgebahrt. Marie und Jochen sind vor Ort und haben schon erste Bilder geschickt. Besonders ist: dass der Tote auf der Stirn einen Schriftzug hat und auf seinem Oberkörper liegt ein Buch. Aus der Brust ragt die Spitze eines Kurzschwertes. Ich schicke dir die Bilder auf Dein Handy. Im Moment habe ich keine weiteren Informationen". „Das reicht mir erstmal", antwortet Stine. „Ich schau mir die Bilder mal an. Ist ja genug Zeit dafür. Wir haben noch fast 350 Kilometer vor uns. Wenn alles gut läuft und wir in keinen Stau kommen sind wir gegen 16:00 Uhr in Kreuzau. Bis dann". Stine beendet das Gespräch und wartet auf die Bilder.

Nach wenigen Augenblicken sind die Bilder angekommen und Stine öffnet das erste Bild. Zusehen ist ein menschlicher Körper. Dieser liegt auf einen Felsbrocken. Sie öffnet das zweite Bild. Hier ist das Gesicht zu erkennen und auf der Stirn steht der Schriftzug „SPQR". Auf dem dritten Bild ist ein Buch auf der Brust des Toten und auch die Spitze eines Kurzschwertes zu sehen. Auch der Titel des Buches ist zu erkennen. „De Bello Gallico". Stine schaut sich verdutzt die Bilder noch mal an, sie kann aber weder mit dem Schriftzug noch mit dem Buchtitel etwas anfangen. „Martin, fahr doch mal den nächsten Rastplatz an. Ich muss Dir was zeigen, vielleicht kannst Du damit was anfangen". „Das dauert aber noch eine Weile. Der nächste Rastplatz ist erst in 10 Kilometern", antwortet Martin. Martin Hartmann ist Teamleiter im Nationalparktor Nideggen und in seiner Freizeit beschäftigt er sich mit der Siedlungsgeschichte der Rureifel.

Der nächste Rastplatz, Ems-Vechte-West, ist erreicht. Martin parkt den Wagen und stellt den Motor ab. „So, dann lass mal sehen", fordert er seine Frau auf. Stine reicht ihm ihr Handy rüber und Martin schaut sich die Bilder an. „Wo der draufliegt, müsstest du eigentlich wissen. Wir haben da auch schon mal vorgestanden", erklärt er.

„Den Schriftzug kenne ich auch. „SPQR" ist eine Abkürzung. Sie bedeutet „Senatus Populusque Romanus" und übersetzt: „Senat und Volk von Rom". Aus dem römischen Zusammenhang würde ich vermuten, dass die Tatwaffe die Nachbildung eines Gladius ist. Das Werk „De Bello Gallico" hat Julius Caesar während seiner Eroberungen in Gallien seinem Sekretär diktiert und sollte als Beweis seiner Erfolge für den Senat in Rom dienen. Interessant für unsere Gegend ist eigentlich das fünfte Kriegsjahr. Hier beschreibt Cäsar den Aufstand der Eburonen und die Vernichtung von anderthalb Legionen". Stine schüttelt nur den Kopf und wundert sich bei Martin über nichts mehr. „Das hilft mir nur wenig weiter", stöhnt sie. „Erklär mir das auf der restlichen Fahrt genauer. Im Moment kann ich noch keinen Zusammenhang mit dem Toten erkennen".

2

Er hat vor fünf Jahren an der Uni Köln seinen Bachelor of Arts im Fachgebiet Archäologie der Römischen Provinzen abgeschlossen. Danach zog er von Köln nach Monschau. Für seine Suche der optimale Ort. Mit der Unterstützung seiner Eltern konnte er sich ein kleines Haus gegenüber dem Parkhaus kaufen. Hier kann er sein Auto als Dauerparker unterstellen. Bis zur nächsten Kneipe ist es auch nicht weit. Ein großer Nachteil ist allerdings: die Polizeiinspektion Monschau ist auch nur ein paar Häuser entfernt.

In den Semesterferien half er bei den Ausgrabungen von Marcomagus bei Nettersheim mit. Dabei wurde er erneut auf Cäsars Werk „De Bello Gallico" aufmerksam. Seitdem saugt er alles auf, was an Literatur zu diesem Thema vorhanden ist.

Nachdem wiederholtem Studium des Buches versuchte er den Hauptort des Eburonenreichs zu lokalisieren. Nach seinem Verständnis kann der Ort der Schlacht nicht weit davon entfernt sein. Ganz verrückt machte ihn die Geschichte vom verloren gegangenen Legionsadler. Dieser Adler ist seit über 2000 Jahren verschollen. Kurz danach ist er der „Legio Aduatuca" beigetreten.

In letzter Zeit haben sich auch noch einige andere Hobbyarchäologen in die Suche verbissen. Die Namen und Wohnorte sind ihm bekannt. Er verfolgt diese auch in den sozialen Netzwerken. Dadurch erfuhr er, dass Günther Wissen vom Geschichtsverein Monschau eine ganz heiße Spur verfolgt. Auf seiner Facebook Seite hatte dieser Herr Wissen ein Foto der vermuteten Fundstelle veröffentlicht. Er nahm sofort Kontakt mit Wissen auf und überzeugte diesen von seiner Kompetenz als studierter

Archäologe. Mit seinem Fachwissen könne er direkt die Echtheit des Adlers nachweisen und er wüsste auch, wie man das Objekt am Amt für Bodendenkmalpflege vorbei verkaufen könne. Bei diesem Telefonat einigten sich beide auf eine gemeinsame Ausgrabung. Treffpunkt sollte „Kaiser-Karls-Bettstatt" in Mützenich sein. Von dort wollten beide dann gemeinsam zur Fundstelle fahren.

„Das kann nicht sein", murmelt er vor sich hin. „Dass ein Hobbyarchäologe solch einen Fund macht und damit auch noch berühmt wird". Er verstaut seine Sachen, eine kleine Opferschale, ein Archivfoto eines Legionsadlers und das Buch und den Gladius in seinen Aktenkoffer. „Ich werde aus dem schon rauskitzeln, wo der Fundort ist. Danach werde ich diesen Hobbyarchäologen so bearbeiten, dass andere gar nicht mehr in Versuchung kommen weiter zu suchen. Der Adler gehört mir! Ave, Caesar"!

Zufrieden mit sich und seinem Vorhaben fährt er die kurze Strecke nach Mützenich und parkt seinen Wagen in der Straße „Im Brand". Von dort geht er zu Fuß weiter und er erreicht den Treffpunkt nach einer Viertelstunde. „Na sowas", sagt er zu sich. „Der feine Herr Wissen ist noch nicht da". Aus dem Aktenkoffer nimmt er die Opferschale, das Foto und den Gladius und breitet alles auf einer der Bänke aus. Danach setzt er sich dazu und zieht die Handschuhe an. „Tut mir leid", entschuldigt sich Herr Wissen. „Ich habe gar nicht mehr gewusst, dass das hier nur zu Fuß erreichbar ist. Wollen wir dann jetzt zum Fundort fahren"? „Erklären sie mir erstmal wo der Fundort ist", antwortet der Archäologe. „Dann vergleichen wir die Stelle mit meinen Informationen. Vielleicht brauchen wir gar nicht erst fahren". „Ich habe die Stelle mit einem Metalldetektor gründlich abgesucht. Da liegt viel Metall im Boden," entrüstet sich Wissen. „Die Stelle liegt am Rand von Monschau-Hammer unweit der Rur". Er beugt sich vor und zeigt mit seinem Finger auf die mitgebrachte Wanderkarte. „Schauen Sie hier. Wenn wir davon ausgehen, dass die Schlacht am heutigen Rursee stattgefunden hat, und der Adlerträger in Richtung Winterlager an der Maas geflüchtet ist, dann muss er an dieser Stelle vorbeigekommen sein". Der Archäologe sticht mit dem Gladius in den Rücken von Wissen. Das ausströmende Blut fängt er mit der Opferschale auf. Bevor Wissen begriffen hat was passiert ist, ist er schon tot. Der Archäologe nimmt sich den toten Körper und legt in auf den Quarzit Stein. Wie bei einer Aufbahrung faltet er die Hände des Toten und legt das Buch auf die Brust. Er taucht den Zeigefinger seiner rechten Hand in die Opferschale und schreibt den Schriftzug

„SPQR" auf die Stirn von Wissen. „So, fertig," murmelt er. „Wollen doch mal sehen, ob der Hobbyarchäologe mit seiner Vermutung richtig liegt". Danach steckt er die Wanderkarte, das Foto und die Opferschale in seinen Aktenkoffer, geht zurück zu seinem Auto und fährt nach Hammer.

Nach einer kurzen Autofahrt und einem kleinen Spaziergang erreicht er die auf der Wanderkarte, markierte Stelle. Mit dem kleinen Klappspaten gräbt er eine Weile. Bis auf ein paar Münzen findet er nichts Weiteres. Enttäuscht und unzufrieden kehrt er zu seinem Wagen zurück und fährt in seine Wohnung.

3

„Welche Version willst Du hören"? fragt
Martin Hartmann seine Frau nachdem sie
wieder auf der Autobahn sind. „Die lange
Version, angefangen bei Julius Caesar
oder die kurze Version, nur die Schlacht
von Aduatuca" „Hä, das sind alles böhmi-
sche Dörfer für mich", antworte Stine
Hartmann. „Mit Julius Caesar kann ich
noch was anfangen. Von der Schlacht bei
Aduatuca habe ich noch nie was gehört.
Wir haben ja noch etwas Zeit. Also die
Kurzfassung von Caesar und eine etwas
ausführlichere Beschreibung der Schlacht.
Ich glaube, damit komme ich weiter". „Na
schön. Julius Caesar war damals Prokon-
sul und Statthalter in den nördlichen Provinzen Cis- und Transalpina. Um beim Senat in Rom Anerkennung zu bekommen,
beschloss er ganz Gallien zu erobern. Dabei halfen ihm auch einige Stämme der

germanischen Kelten. Unter anderem auch die Eburonen. Er nannte sogar deren Häuptling Ambiorix einen Freund Roms. Im Jahr 54 v. Chr. führte er einen Feldzug nach Britannien durch und zog sich aber, zum Winter hin, wieder nach Gallien zurück. Seine Legionen verteilte er auf die Gebiete der eroberten und befreundeten Stämme der Kelten. Für uns in der Rureifel ist das Winterlager auf Eburonengebiet interessant. Hier bauen, unweit des Hauptortes, eine Legion und fünf Kohorten, ca. 10.000 Legionäre, ihr Winterlager auf. Gesichert mit zwei Toren und einer Palisade. Das fatale an der Geschichte ist: Es gab in dem Jahr eine Missernte. Daher war die Verpflegung von so vielen Menschen fast unmöglich". Martin macht in seiner Erklärung eine Pause und lässt sich von seiner Frau eine geöffnete Flasche Wasser geben. Nachdem er seinen trockenen Hals wieder befeuchtet hat, fährt er mit der geschichtlichen Exkursion fort.

„Ambiorix sah nicht ein, dass sein Volk wegen den römischen Legionären Hunger leiden musste. Er ersann einen riskanten Plan um die Römer los zu werden. Hierfür brauchte er die Unterstützung aller Krieger im Siedlungsgebiet. Er schickte Boten zu allen Dörfern und auch zu den Treverern, einem keltischen Stamm an der Mosel. Es dauerte nicht lange, bis sich alle Krieger und auch die Treverer um Ambiorix versammelt hatten. Der listige Häuptling traf sich mit den Legaten Quintus Titurius Sabinus und Lucius Aurunculeius Cotta, den Anführern der Legion, und warnte diese vor einem großen Heer der Germanen; dieses Heer wolle die Winterlager der Römer überfallen. Ambiorix empfahl den beiden Legaten einen Rückzug über die Maas in ein anderes Winterlager". Martin ließ sich von seiner Frau nochmal die Wasserflasche reichen und trank einen Schluck. „Und jetzt wird es spannend. Die beiden Legaten berieten sich und beschlossen den Rückzug über die Maas. Laut Caesars „De Bello Gallico" wurden die Legionäre dann in einem Talkessel von den Eburonen überfallen und fast vollständig vernichtet. Dabei ging der Legionsadler verloren und ist nie wiederaufgetaucht". Stine stöhnte. „Fahr mal den nächsten Rastplatz an. Ich brauche frische Luft. Mir raucht der Kopf".

Nach einer kurzen Pause setzen die beiden die Heimfahrt fort und Martin hat noch einen Nachschlag. „Zurzeit sind einige Hobbyarchäologen auf der Suche nach dem Adler. Die Ortsbeschreibung von Caesar ist aber ziemlich vage. Meines Erachtens gibt es an der Rur nicht viele Möglichkeiten. Es muss damals eine Furt gegeben haben, denn im Herbst war die Rur damals schon tückisch. Einige sogenannte Experten vermuten bei Abenden, es gab aber nachweislich auch eine Furt in Heimbach.

Ich halte es auch für möglich, dass es eine Furt flussaufwärts von Heimbach gegeben hatte. Diese ist aber mit dem Bau der Rurtalsperre im Wasser des Rursees verschwunden. Wer den Adler findet, kann sich mit viel Ruhm bekleckern".

Nach einer weiteren Stunde Fahrzeit erreichen die beiden die Polizeistation in Kreuzau. Stine steigt aus und betritt ihre Dienststelle. Sie geht in ihr Büro, um den Schlüssel für ihren Dienstwagen zu holen. Auf dem Schreibtisch liegen der Autoschlüssel und eine kurze Notiz. „Teambesprechung morgen um 10:00 Uhr in der Dienstelle in Monschau. Gruß Michael."

4

„Wofür habe ich eigentlich Archäologie studiert"? fragt er sich. „Da kommt so ein Hobbyarchäologe daher und behauptet, er habe den Fundort des Legionsadlers gefunden". Er schaut sich die historischen Karten an und schüttelt den Kopf. Karten vom Siedlungsgebiet der Eburonen, alte Flussverläufe der Rur mit den Nebenflüssen und Bewegungen der Legionen im Gallischen Krieg zieren seine Wände. Danach setzt er sich an seinen Schreibtisch und sieht seine E-Mails durch. Die Mail von der „Legio Aduatuca" öffnet er als erstes. „Hätte ich fast vergessen, heute Abend ist Vorstandssitzung".

Kurz nach seinem Umzug von Köln nach Monschau ist er in die Legio eingetreten. Zusammen mit anderen Mitgliedern versucht er, die Eburonenschlacht historisch aufzuarbeiten. Die „Legio Aduatuca" ist ein Verein mit ca. 150 Mitgliedern. Die Mitglieder stellen eine römische Legion dar. Ein befreundeter Verein hat sich ganz der Darstellung der Eburonen verschrieben. Beide Vereine treffen sich jedes Jahr in den Sommerferien. Natürlich wird nicht richtig gekämpft, es soll eher erlebbare Geschichte sein. Zurzeit ist er Zenturio. Er will aber in der Hierarchie weiter aufsteigen und der Legionsadler soll ihm dabei helfen.

„Es wird immer schwieriger, einen Platz für unser Legionslager zu finden", stöhnt Walter Klein, Vorsitzender der Legio. „In keiner der Gemeinden rund um den Rursee bekommen wir eine Genehmigung für unser jährliches Treffen mit den Eburonen. Wahrscheinlich wird es dieses Jahr kein Treffen geben. Es sei denn ihr habt noch eine Idee"!

„Wir müssen nicht immer auf öffentliches Gelände", schaltet sich der Archäologe

ein. „Es gibt genügend privates Gelände".
„Eine gute Idee", begeistert sich Klein.
„Aduatuca und die Schlacht ist dein Spezialgebiet. Wenn du bis Mai einen idealen Platz für das Treffen findest, ernennen wir dich zum Mitglied des Jahres". Schmunzelnd klopft er seinem Vereinskameraden auf die Schulter. „Klar, ich habe mich schon lange mit der Lokalisierung des Eburonenhauptortes beschäftigt", erklärt der Archäologe. „Da sind mir zwei Dörfer ins Auge gesprungen. Beide gehören zum Stadtgebiet von Heimbach. Einmal der Ort Vlatten, dem Namen nach keltischen Ursprungs, von Vlatos – der Herrscher. Hier könnte der Hauptort gewesen sein. Der zweite Ort ist Hergarten. Die frühere Form des Ortsnamens, Heergarten oder Herigarda, könnte ein Indiz für das Winterlager der Römer sein. Beide Orte verfügen über genügend landwirtschaftliche Fläche und sind auch nicht weit von der Rur entfernt. Ich mach mich mal auf die Suche

nach den jeweiligen Besitzern, bis Mai werde ich schon eine Fläche gefunden haben". „Dann zum nächsten Punkt in der Tagesordnung", erklärt Klein in die Runde. „Die Werbeaktion an den Schulen rund um den Rursee scheint ein voller Erfolg zu werden. Es haben schon drei Schulen angefragt ob wir jeweils einen oder zwei Legionäre in voller Montur vorbei schicken könnten um die römische Geschichte greifbar zu machen. Wer wäre dazu bereit"?

Zwei der sechs Vorstandsmitglieder erklären sich dazu bereit. „Sehr schön", zufrieden hakt Klein auch diesen Punkt ab. „Ihr bekommt von mir die Kontaktdaten der Schulen und könnt dann die Termine mit denen absprechen. Dann sind wir für heute durch. Ich wünsche euch noch einen schönen Abend". Er schließt die Vorstandssitzung und alle fahren nach Hause.

Auf der Rückfahrt nach Monschau kauft sich der Archäologe in einer Pizzeria eine Pizza Tonno. Zu Hause angekommen will er gerade anfangen zu essen, da klingelt sein Telefon. Mürrisch schaut er auf das Display. „Nicht der schon wieder", denkt er sich. „Hallo Dieter", meldet er sich. „Also, wie weit bist du mit dem Adler"? Dieter Munster kommt direkt zur Sache. „Ich arbeite daran", erwidert der Archäologe. „Dann sieh mal zu, dass es vorangeht. Schließlich bekommst du von mir ´nen Haufen Knete. Der Adler fehlt mir noch in der Sammlung". „Hast du eigentlich schon mal eine Nadel im Heuhaufen gesucht? Das geht nicht von jetzt auf gleich! Der erste Hobbybuddler hatte schon mal keinen blassen Schimmer", verteidigt sich der Archäologe. „Ich gebe dir noch zwei Wochen Zeit", erhöht Munster den Druck. „Dann will ich den Adler in meiner Sammlung haben. Du kannst dir ja denken, dass ich für mein Geld eine Absicherung eingebaut habe". Dem Archäologen steht der Schweiß auf der Stirn. „Wie konnte ich mich nur von diesem skrupellosen Menschen abhängig machen," grübelt er. „Die Spielschulden waren schon ziemlich hoch und Munster lieh mir Geld unter der Bedingung, dass ich den Legionsadler für ihn finde. Aber was passiert, wenn der Adler tatsächlich nicht auffindbar ist."

Dieter Munster, 54 Jahre, ist ein erfolgreicher Unternehmer und Sammler von besonderen historischen Artefakten. Sein Haus in Düren ist alarmgesichert. Bei jeder Gelegenheit wirft ihm seine Frau vor, in einer Festung zu leben. Seine Sammlung ist in einem besonderen Anbau mit Klimaanlage und tresorähnlicher Stahltür untergebracht. Dazu gehören Uniformen aus verschiedenen Epochen, Originalwaf-

fen und alte Münzen. Einige dieser Arte-
fakte wurden legal erworben, die meisten
haben aber auf illegalem Weg in seine
Sammlung gefunden. Voriges Jahr im
Sommer traf er den Archäologen während
der Veranstaltung der Legio Aduatuca.
Beide kamen ins Gespräch und er witterte
die Chance, an ein besonderes Stück für
seine Sammlung zu kommen. Einen Adler
der römischen Legion im Original. Ein
Haufen Geld ist seitdem geflossen, bisher
aber noch ohne Erfolg. Das wurmt ihn
mächtig.

5

Frischer Kaffeeduft zieht durch das Haus in Vlatten. Martin Hartmann, gelernter Frühaufsteher, bereitet das Frühstück zu. Seine Frau Stine steht noch unter der Dusche und versucht, die Müdigkeit aus den Gliedern zu bekommen. Ihre Gedanken drehten sich eine halbe Nacht lang um die Leiche in Mützenich und den Zusammenhang zu den von Martin beschriebenen historischen Fakten.

Ziemlich übernächtigt setzt sie sich an den Frühstückstisch. „Noch nicht ganz aus dem Urlaubsmodus raus und schon kann ich mich mit einem mysteriösen Todesfall beschäftigen", stöhnt sie. Martin zitiert gut gelaunt einen alten Schlager. Melodisch nicht ganz korrekt aber dafür textsicher singt er: „Du bist nicht allein". „Och nee, sehr aufbauend", erwidert Stine. Die beiden frotzeln noch ein bisschen und die gute Laune kehrt bei Stine wieder zurück.

Stine greift zum Telefon und ruft ihren Chef an. „Morgen Michael, soll ich erst nach Kreuzau kommen und Miro mitnehmen"? „Morgen Stine, nicht nötig. Miro schläft seit ein paar Tagen in Steckenborn und fährt von dort zusammen mit Michelle nach Monschau", antwortet Michael Ritter. „Na sowas, habe ich da was verpasst"? „Sieht so aus, die Beiden sind sich auf deiner Silberhochzeitsfeier nähergekommen. Anscheinend werden wir bald ein weiteres Paar in unserer SOKO haben. Sieh mal zu, dass du nach Monschau kommst. Ich glaube, so einen Fall hatten wir noch nicht. Wenn ihr in Monschau fertig seid, kannst Du mich auf den Stand der Dinge bringen. Bis dann", verabschiedet sich Michael Ritter von Stine.

Stine erreicht nach einer guten halben Stunde die Dienststelle in Monschau. Vor dem Eingang zur Dienststelle warten schon die Lokalreporter der Zeitungen, sowie ein Kamerateam des WDR und warten auf aktuelle Neuigkeiten.

Stine Hartmann begrüßt die Medienvertreter höflich, man kennt sich. „Können Sie uns schon Genaueres zu der gefundenen Leiche sagen, Frau Hauptkommissarin"? fragt Simon Gerdes vom WDR und hält ihr das Mikrofon hin. „Herr Gerdes, ich bin gestern aus dem Urlaub zurückgekommen und muss mich selber erstmal auf den Stand der Dinge bringen. Sobald es interessante Neuigkeiten gibt, werden Sie und die anderen Kollegen von unserer Pressestelle informiert", erwidert Stine, betritt die Dienststelle und begibt sich in den Besprechungsraum. Hier wird sie von Oberkommissarin Marie van Skeet und Kommissar Jochen Merzenich begrüßt. Die beiden Ermittler gehören der Dienststelle in Monschau an und arbeiten hier im normalen Ermittlungsdienst. Nur bei Gewaltverbrechen werden die Ermittler aus Monschau, Simmerath und Kreuzau aus ihren normalen Diensten herausgezogen und bilden die SOKO Rureifel.

„Guten Morgen, Stine", begrüßt Marie ihre Kollegin aus Kreuzau. „Wie war der Urlaub"? „Der Urlaub war super. Schönes Wetter, Meer und viel Spaß. Birte und Knut haben uns regelrecht verwöhnt. Es war auch schön, die alte Heimat zu besuchen. Ich habe euch allen auch ein paar Kleinigkeiten mitgebracht. Aber dazu später mehr", antwortet Stine. In der Zwischenzeit ist auch das Ermittlerteam aus Simmerath, Michelle Winter und Jonas Richter, eingetroffen. Die beiden haben auch Stines Kollegen Miro Keller im Schlepptau. Stine wird auch von den dreien begrüßt und alle setzen sich an den Besprechungstisch. „Bevor wir uns mit dem aktuellen Fall beschäftigen, habe ich euch noch etwas mitgebracht", erklärt Stine und holt zwei Packungen Pralinen und einige Marzipanseehunde aus ihrem Aktenkoffer. „Für die Männer „Deichgraf" und für die Frauen „Deichgräfin" von einer Schokoladenmanufaktur in Norden".

Nachdem alle mit dem Naschwerk aus Ostfriesland versorgt sind, fordert Stine dann Marie auf, von dem Leichenfund zu berichten.

„Wir wurden am Sonntagmorgen von der Zentrale nach Mützenich geschickt. Eine Anwohnerin aus Mützenich hat auf der Runde mit ihrem Hund eine Leiche gefunden. Diese Leiche liegt auf „Kaiser-Karls-Bettstatt. Die Zentrale hatte gleichzeitig auch die Kollegen aus Eupen alarmiert. Da wir den kürzeren Weg hatten, waren wir zuerst vor Ort", berichtet Marie. Marie van

Skeet und ihr Lebensgefährte und Kollege Jochen Merzenich wohnen gemeinsam in Kalterherberg, nur wenige Kilometer vom Leichenfundort entfernt. „Kurz nach uns kamen auch die belgischen Kollegen. Der Leichenfundort liegt direkt an der belgischen Grenze und wir haben erstmal die Zuständigkeiten geklärt. Der Quarzit Stein und die Leiche liegen vollständig auf unserer Seite und die belgischen Kollegen sind dann auch wieder abgerückt. Die Auffinde Situation haben wir bildlich dokumentiert". Sie zeigt zur Magnettafel an der Wand. „Der Tote heißt Günter Wissen, 53 Jahre alt, und wohnte in Monschau-Imgenbroich. Er hinterlässt Frau und zwei schon erwachsene Kinder. Wir sind dann, nachdem die Spurensicherung kam, zur Adresse von Wissen gefahren und haben der Ehefrau die Todesnachricht überbracht. Heftig geschockt vom Tod ihres Mannes brauchte Frau Wissen erstmal ein paar Minuten und hat uns dann das Arbeitszimmer ihres Mannes gezeigt. Herr Wissen war Mitglied im Geschichtsverein Monschau und war auf der Suche nach irgendeinem „Legionsadler". Marie schaut hilfesuchend in die Runde. „Das ist der Stand der Dinge aus unserer Sicht".

„Vielen Dank". Stine nickt der Kollegin zu. Sie steht auf und begibt sich zur Magnettafel mit den Tatortfotos. „Was haben wir hier? Einen toten Hobbyarchäologen, eine Tatwaffe, ein Buch und einen Schriftzug auf der Stirn des Toten", sie zeigt bei der Aufzählung auf die jeweiligen Bilder. „Das Buch ist ein Nachdruck und trägt den Titel „De Bello Gallico". Die Originalfassung ist von Julius Caesar und behandelt dessen Eroberungen der linksrheinischen Gebiete. Den Schriftzug auf der Stirn kennen wir eigentlich von vielen Römerfilmen. Das ist eine Abkürzung und bedeutet „Senatus Populusque Romanus".

Übersetzt: „Senat und Volk von Rom". Diesen Spruch trugen die römischen Legionen am Legionsadler. Bei der Tatwaffe will ich der KTU nicht vorgreifen, aber es könnte sich um eine Nachbildung eines Gladius sein. Das war ein Kurzschwert der römischen Legionäre. Ich habe mich mal schlau gemacht. Diese Nachbildungen kann man in verschiedenen Online-Shops kaufen".

Nach dieser Erklärung schaut Stine in die Runde und blickt in erstaunte und fragende Gesichter. Mit einem Schmunzeln erklärt sie den Kolleginnen und Kollegen ihr Wissen. „Martin beschäftigt sich schon seit langen mit der Geschichte unserer Region. Auf der Rückfahrt aus Norden erklärte er mir die Geschichte der Eburonen, einem keltischen Stamm, und die Schlacht bei Aduatuca. In dieser Schlacht wurden eine Legion und fünf Kohorten von den Eburonen vernichtet, der Legionsadler ging verloren und wurde seitdem nicht mehr gefunden. Ich vermute, dass Herr Wissen wegen seiner Suche nach dem Legionsadler ermordet wurde. Aber von wem?"

Stine verlässt die Magnettafel und setzt sich wieder. „Jochen und Jonas!" Stine wendet sich an die Kollegen. „Ihr fahrt noch mal nach Höfen und fragt mal in der Bevölkerung nach, ob jemanden etwas aufgefallen ist. Miro und Michelle! Ihr beiden geht erstmal nach draußen und verscheucht die Presse. Sagt denen wir hätten noch keine neuen Erkenntnisse und werden morgen um 11:00 Uhr eine Pressekonferenz in der Kreuzauer Dienststelle abhalten. Danach sucht ihr euch einen Arbeitsplatz und sucht alles über Römer und Kelten in unserer Gegend. Gibt es bestimmte Gruppen oder Personen die sich mit dem Gallischen Krieg und der Schlacht um Aduatuca beschäftigen? Gibt es Sammler für solche Gegenstände?" erläutert Stine die Aufgabe für die beiden jüngsten im Team. „Marie und ich werden nochmal zu Frau Wissen fahren und uns erneut im Haus umschauen."

6

„Nee Jong, ich habe keine Weiden mehr,
die ich euch für eure Spielereien geben
kann". Karl Ritter, Landwirt aus Hergarten, schüttelt seinen Kopf und sieht seinen
gegenüber an. „Ich habe mein ganzes Vieh
verkauft und die Weiden an verschiedene
Landwirte verpachtet. Ich verdiene jetzt
mein Geld mit Windenergie. Wenn ihr
eine Spielwiese für euch sucht, versuche
es mal bei Hans-Georg Wassong in Vlatten. Der hat den größten Betrieb in der Gegend." „Kann man nichts machen, Herr
Ritter", sagt sein Gegenüber, der Archäologe. „Sie sind schon der vierte Landwirt,
bei dem ich es versucht habe." Er steht auf
und verabschiedet sich von Karl Ritter.
„Vielen Dank für ihre Zeit. Dann werde
ich es mal in Vlatten versuchen."

Bevor er in sein Auto steigen kann, klingelt sein Handy. Er blickt auf das Display

und murmelt vor sich hin. „Nicht schon wieder." „Hallo Dieter, wir haben doch erst gestern telefoniert. So schnell kann ich den Adler auch nicht finden!"

„Das ist mir schon klar", meldet sich Dieter Munster. „Wenn du jeden, der etwas wissen könnte, umbringst, kommst du nie an Informationen. Ich will den Adler! Wenn du mir aber die Bullen auf den Hals hetzt wird dir das schlecht bekommen. Denk daran, du stehst bei mir ziemlich in der Kreide und das Geld will ich nicht umsonst investiert haben"! „Reg dich nicht auf", der Archäologe versucht sich zu rechtfertigen. „Der Hobbybuddler war mir zu selbstsicher. Ich habe keine Spuren hinterlassen. Das Buch und die Waffe könnte sich jeder im Internet besorgt haben. Die Platzierung der Leiche soll eine Warnung an alle Möchtegernarchäologen sein. Es gibt keine Rückschlüsse auf den Täter und folglich auch keine Spur zu dir. Lass mich nur machen".

Nach diesem Telefonat fährt der Archäologe ziemlich genervt zurück nach Monschau. „Wie kann man einem habgierigen Idioten, der keine Ahnung von Archäologie hat, beibringen das Archäologie eine langwierige Sache ist," denkt er sich. „Vor allem habe ich noch keine Ahnung an welcher Stelle ich überhaupt suchen soll. Wie konnte ich nur in diese Situation kommen? Natürlich ist die Spielbank Aachen am Tivoli-Stadion eine große Versuchung."

Nachdenklich betrachtet er die Karten an der Wand. „Die Stelle in Hammer war ja schon mal ein Reinfall," überlegt er. „Welche Stellen kommen denn noch in Frage? Eine Furt in einem Talkessel. Soviel an Ortsangabe gibt Julius Caesar in seinem Buch ja noch Preis. Ein bisschen genauer wäre hilfreicher gewesen." Er schaut sich die alten Karten der Rur ohne Staumauer genauer an.

Mit einem Stift markiert er drei Stellen im Flussverlauf. Die erste Markierung ist auf der Höhe des Badestrandes Eschauel. „Wir haben hier einen Talkessel. Hier kann ich aber nicht suchen," überlegt er. „Die Stelle liegt tief im Rursee und auch das Dorf existiert nicht mehr."

Den Ort der zweiten Markierung vergleicht er mit einer aktuellen Karte. „Der Talkessel ist vorhanden, aber die Markierung liegt mitten in Heimbach. An der Stelle führt heute eine Brücke über den Fluss. Die Leute werden ganz schön staunen, wenn ich mit einem Metalldetektor den Parkplatz absuche. Aber entlang der Rur führte ein Handelsweg in Richtung Monschau und weiter nach Belgien. Und die Stelle ist nicht weit von Hergarten und Vlatten entfernt. Also fast schon ideal für eine genauere Untersuchung und der Berg am anderen Ufer wird heute Meuchelberg genannt. Warum nur?"

Danach wendet er sich der dritten Markierung zu. „Oberhalb der Markierung befindet sich der Badewald," sagt er zu sich. „Bade, bedeutet das nicht Kampfort im altgermanischen? Auch die beiden Orte Hergarten und Vlatten sind nicht weit und die Kelten haben hier schon damals Eisenerz abgebaut. Auch von der Furt ging damals ein Handelsweg in Richtung Monschau und Belgien. Der einzige Haken ist, der Talkessel ist offener als in Heimbach und am Rursee."

Er setzt sich an seinen Schreibtisch und startet seinen Laptop. „Mit wem von den sogenannten Experten kann ich mich den am besten unterhalten, um weitere Informationen zu erhalten. Zuerst rufe ich den Josef Meier an."

Josef Meier ist 44 Jahre alt, wohnt in Nideggen-Abenden und ist von Beruf Immobilienmakler. In den sozialen Medien ist er als der „Rureifelmakler" bekannt. Er ist Mitglied in verschiedenen Vereinen, unter anderem auch im Heimat- und Geschichtsverein Nideggen und in der Legio Aduatuca. In der Legio bekleidet er den gleichen Rang wie der Archäologe, er ist auch Zenturio. Schon sein Vater beschäftigte sich bis zu seinem Ableben mit der Siedlungsgeschichte an der Rur. Josef hat seine Leidenschaft in Sachen Heimatforschung von seinem Vater geerbt und auch schon einige Veröffentlichungen zum Thema Eburonen und der Schlacht bei Aduatuca geschrieben. Beispielsweise eine Abhandlung über Parallelen zwischen der Schlacht des Varus und der Schlacht der Eburonen.

Im Jahr 53 v. Chr. entsendet Julius Caesar mehrere Legionen in das Eburonengebiet um sich für die Niederlage bei Aduatuca zur rächen. In gewaltigen Tagesmärschen marschieren diese Legionen ohne warme Mahlzeiten durch das dichte Waldgebiet. Es wurde ihnen verboten, Feuer zu machen. Denn diese Feuer hätten die Eburonen von den Höhen schon meilenweit sehen können.

So wurden die Eburonen in ihrem Hauptort von dem Angriff der Legionen vollkommen überrascht. Die Römer fielen in voller Macht über den Hauptort her und nahmen weder auf Alte, Frauen oder Kinder Rücksicht. Ambiorix, der gerade von einem Jagdausflug zurückkehrte, erkannte die Situation und konnte mit seinen Getreuen fliehen.

Auch eine von Caesar angeordnete Suchaktion konnte den Eburonenkönig nicht aufspüren. Womöglich flüchtete dieser

über den Rhein und hat sich den Germanen angeschlossen.

Die Vernichtung von 15 Kohorten bei
Aduatuca war für Julius Caesar die erste
Niederlage auf seinem Feldzug gegen die
Gallier.

Der Archäologe wählt die Nummer aus seiner Kontaktliste der Legio Aduatuca. Es dauert nicht lange und er hat Josef Meier am Telefon.

„Hallo Josef, hier ist Stefan. Ich habe noch immer kein Gelände für unser jährliches Treffen mit den Eburonen gefunden. Hast du noch eine Idee wo wir ein Gelände finden könnten?" fragt der Archäologe seinen Vereinskollegen. „Vielleicht sollten wir uns mal zusammensetzen." „Tja, Stefan. Im Moment kann ich da nicht viel helfen," antwortet Meier. „Du weißt ja, ich beschäftige mich zurzeit mit der Suche nach dem Legionsadler. Aber vielleicht geht das Treffen ja hier in Abenden. Hier gibt es auch eine freie Fläche, die Fläche gehört meinem Nachbarn. Ich kann ja mal fragen." „Super," freut sich Stefan. „Aber sag mal, wo vermutest du denn den Adler? Ich hätte da vielleicht einen zahlungskräftigen Abnehmer." „Also, wenn ich den finde, will ich den Adler auf keinen Fall verkaufen. Ich will eigentlich nur damit beweisen das die Schlacht hier stattgefunden hat. Entweder ist er auf den Weg vom Badewald nach Abenden oder auf der anderen Seite der Rur in Richtung Schmidt. In den nächsten Tagen will ich mal den Weg zum Badewald mit dem Metalldetektor ablaufen."

„Ich würde gerne mitkommen," bietet der Archäologe an. „Sagst du mir Bescheid wann du losgehst?" „Alles klar Stefan, ich rufe dich nochmal an. Bis bald."

7

Nachdem die vier Ermittler die Dienststelle durch den Hinterausgang verlassen haben, widmen sich die Kommissare Keller und Winter den Presseleuten vor der Tür.

„Wir sind Keller und Winter von der SOKO Rureifel," stellt sich Miro Keller vor. „Zurzeit kann ich Ihnen noch keine Neuigkeiten berichten. Wir laden Sie gerne zur Pressekonferenz morgen um 11:00 Uhr in der Dienststelle Kreuzau ein. Vielen Dank." Nach dieser kurzen Ansprache gehen Miro und Michelle wieder in die Dienststelle zurück.

„Wie machen wir das dann jetzt," fragt Michelle. „Bleiben wir hier, fahren wir nach Simmerath oder sollen wir im Home-Office arbeiten?" „Home-Office wäre gut," antwortet Miro mit einem spitzbübigen Lächeln. „Der Nachteil dabei ist nur, wir werden schöne Sachen machen aber nicht viel recherchieren. Also bleiben wir hier und arbeiten unsere Aufgabe professionell ab. Stine erwartet morgen Ergebnisse!" Die beiden setzen sich an ihre Computer und suchen auf verschiedenen Portalen nach Informationen zu den E-buronen, der Schlacht bei Aduatuca und dem Legionsadler.

Stine Hartmann parkt ihren Dienstwagen vor dem Haus der Familie Wissen im Lindenweg. Marie van Skeet klingelt und kurz danach öffnet Frau Wissen die Haustür. „Guten Tag Frau Wissen, meine Kollegin van Skeet kennen Sie ja schon, mein Name ist Kristine Hartmann und ich leite die Ermittlungen. Dürfen wir reinkommen?" stellt Stine sich vor und zeigt der Witwe ihren Dienstausweis. Frau Wissen bittet die beiden Ermittlerinnen in Haus und die drei setzen sich an den Küchentisch. „Zuerst möchte Ihnen unser Beileid aussprechen," mitfühlend ergreift Stine die Hand von Margit Wissen. „Können wir Ihnen helfen? Vielleicht unsere Opferbetreuung?" „Nein, nein, es geht schon," antwortet Margit Wissen. „Meine Kinder kommen heute und die Nachbarn kümmern sich auch rührend um mich." Bei Frau Wissen wird eine Schleuse geöffnet und die Tränen fließen in Strömen. Es dauert eine Weile bis sie sich wieder beruhigt hat. „Ich weiß zwar noch nicht wie es weitergehen soll, aber es muss ja weitergehen. Ich werde das Haus verkaufen und werde zu meiner Tochter nach Stuttgart ziehen." „Wir werden alles dafür tun, den Mörder zur Rechenschaft zu ziehen," versichert Stine. „Sehen sie sich denn in der Lage einige Fragen zu beantworten?" „Muss, dat jeht" antwortet Frau Wissen und wechselt in den Dialekt. „Hatte ihr Mann in den letzten Tagen Kontakt zu Personen, die ihnen unbekannt waren? Oder hatte er verdächtige Anrufe?" fragt

Marie van Skeet. „Stimmt," erinnert sich Margit Wissen. „Da war ein Anruf von einem Archäologen wegen einem Adler. Das kam mir komisch vor. Archäologen haben doch nichts mit Tieren zu tun. Mein Mann war unterwegs und daher hatte ich mit dem Herrn gesprochen. Der Mann hatte mir dann eine Telefonnummer genannt und gebeten, dass mein Mann zurückruft, wenn er wieder zu Hause ist." „Haben Sie die Telefonnummer noch?" fragt Stine. „Die habe ich meinem Mann gegeben. Vielleicht liegt sie auf seinem Schreibtisch. Wir können gerne mal nachschauen."

Angeführt von Margit Wissen gehen die drei in den ersten Stock.

„Das war früher ein Kinderzimmer," erklärt Margit Wissen. „Nachdem die Kinder ausgezogen sind, hat mein Mann dieses Zimmer als Arbeitszimmer genutzt. In dem anderen Kinderzimmer habe ich mein

Nähzimmer. Hier treffe ich mich immer mit meinen Häkelfreundinnen zum Häkeln und Tratschen." Marie und Stine betreten das Arbeitszimmer und schauen sich erstmal um. Auf dem Schreibtisch steht ein PC mit Bildschirm, verschiedene Landkarten und auch der Zettel mit einer Telefonnummer. An den Wänden hängen weitere Landkarten. Auf einer ist der Verlauf der Rur ohne die Staumauern zu sehen. „Wissen Sie, womit ihr Mann sich in letzter Zeit beschäftigt hat?" fragt Stine. „So genau auch nicht," antwortet Margit Wissen. „Er war ja früher Geschichtslehrer hier in Monschau, am Gymnasium. Vor zwei Jahren bekam er ein Burnout, danach konnte er nicht mehr unterrichten. Er bekam jedes Mal eine Panikattacke sobald er nur die Schule sah. Seit der Zeit beschäftigte er sich mit den Eburonen und den Römern. Genaues weiß ich aber nicht. In den Ordnern im Regal sind seine Unterlagen. Mir hatte er mal erzählt, er wäre ganz nah an einer Sensation."

„Frau Wissen, dürfen wir den Computer und die Unterlagen mitnehmen?" fragt Stine. „Natürlich bekommen sie dafür eine Quittung." „Frau Hartmann, sie können alles aus diesem Zimmer mitnehmen. Ich kann damit sowie so nichts anfangen."

„Vielen Dank. Den Computer nehmen wir direkt mit und für die Unterlagen schicke ich Kollegen vorbei," erklärt Stine. „Wenn ihnen das nicht zu viel wird." „Kein Problem. Wenn das dabei hilft, den Typen zu kriegen, der mir meinen Günther genommen hat." Bisher hatte Margit Wissen tapfer durchgehalten, aber nun fließen wieder die Tränen und die beiden Ermittlerinnen verabschieden sich. Am Auto angekommen wird der PC ins Auto geladen und die beiden steigen ein. „Puh," stöhnt Marie. „Frau Wissen ist ganz schön tapfer. Ich glaube, wenn mir einer meinen Jochen nimmt laufe ich Amok. Was machen wir jetzt?" „Ich würde vorschlagen, wir fahren noch nach Mützenich und schauen mal, ob die beiden Männer etwas Brauchbares herausgefunden haben," antwortet Stine. Sie ruft über Handy ihren Kollegen Jochen Merzenich an. „Hallo Jochen, seid ihr noch in Mützenich? Deine Frau hat Sehnsucht nach dir." Marie verdreht die Augen. „Wir sind noch vor Ort. Ist ja seltsam, dass Marie Sehnsucht nach mir hat. Normalerweise ist das bei uns eher anders herum. Wo seid ihr denn jetzt?" „Noch in Imgenbroich," antwortet Stine. „Wir fahren jetzt los und sind in ein paar Minuten bei euch."

Die Ermittler treffen sich in Mützenich in der Straße „Im Brand". „Wir haben eine Zeugin gefunden," berichtet Jonas Richter. „Frau Kessenich berichtete uns von einem dunkelgrauen SUV mit Aachener Kennzeichen. Der Wagen parkte direkt vor ihrem Haus und ein ca. 1,80m bis 1,90m großer Mann stieg aus. Er holte einen Rucksack aus dem Kofferraum und ging dann in Richtung Steling. Hier sind auch die Quarzit Steine. Sie war mit ihrem Hund auf der Gassi Runde. Das Ganze war so ca. 16:15 Uhr." „Das ist doch schon was," bestätigt Stine. „Konnte Frau Kessenich auch das Gesicht sehen und eventuell beschreiben?" „Sie hat den Mann nur von hinten gesehen. Er hatte eine schwarze Jeans und einen dunkelgrünen Kapuzenpulli an." „Nun gut, brechen wir für heute hier ab," bestimmt Stine. „Morgen früh um 10:00 Uhr schalten wir uns zur Videokonferenz zusammen. Dann haben wir vielleicht auch die Recherchen unserer jungen Kollegen und können überlegen wie wir weiter vorgehen. Marie und Du, Jochen, könnt ja zusammenfahren. Ich nehme Jonas mit nach Simmerath. Also schönen Feierabend."

Julis Caesars Legionen haben das Siedlungsgebiet der Eburonen gründlich entvölkert. Nur wenige Bewohner konnten sich retten. Das Getreide auf den Feldern vergammelte, das Eisenerz wurde nicht mehr gewonnen. Die Kornkammer im Westen versiegte. Julius Caesar lud darauf hin Ubier und befreundete Germanenstämme vom anderen Rheinufer ein, die brachliegende Gegend zu besiedeln. Diese Neusiedler vermischten sich mit den überlebenden Eburonen und später mit siedelnden Römern und bildeten eine neue gallo-römische Gesellschaft.

8

Stine Hartmann blickt verschlafen auf den Wecker. „Erst halb acht," denkt sie sich. „Wofür habe ich eigentlich meinen Wecker aktiviert. Bei dem schönen Vogelkonzert da draußen kann ich eigentlich nicht verschlafen."

Sie hört noch ein paar Minuten dem Vogelkonzert zu und schwingt sich dann mit beiden Beinen aus dem Bett. Nachdem sie sich gestreckt und einige Dehnübungen gemacht hat, ist sie schon mal körperlich auf den Tag vorbereitet.

Nach Dusche und Körperpflege ist sie bereit und freut sich auf das Frühstück. Ihr Mann Martin, gelernter Frühaufsteher, wartet schon mit einer Tasse Kaffee in der Küche und beide setzen sich an den Tisch. Vor sich Brötchen, Rührei und verschieden Sorten Wurst sowie Käse.

„Wie sieht es eigentlich in deinem aktuellen Fall aus?" fragt Martin. „Kompliziert, wir wissen noch nicht viel. Es geht aber Stück für Stück voran," antwortet Stine einsilbig. Selbst ihrem Mann gegenüber darf sie keine Details preisgeben. Stine ist da ganz Profi und Martin kennt das schon.

„Wenn ihr Hilfe braucht," bietet sich Martin an. „Ich bin immer dazu bereit." „Danke, wir werden dich wahrscheinlich noch brauchen." In dem Moment klingelt das Festnetztelefon. Martin hebt den Hörer ab und meldet sich. „Hartmann." Er führt ein kurzes Gespräch und legt dann auf. Seine Frau schaut ihn fragend an. Martin erklärt dann das Telefongespräch. „Unser Sohn hat Urlaub und kommt die nächsten zwei Wochen zu uns. Er bringt auch noch eine Überraschung mit." „Na, dann bin ja mal gespannt," antwortet Stine.

Um 09:30 Uhr verlässt Stine das Haus und fährt mit ihrem Dienstwagen, liebevoll von ihr „Wildkatze" genannt, zur Dienststelle nach Kreuzau und trifft dort um kurz vor 10:00 Uhr ein. Sie begrüßt die Kollegen und begibt sich mit Miro Keller und ihrem Chef, Michael Ritter in den Besprechungsraum. Die Ermittlerteams aus Simmerath und Monschau schalten sich nach und nach dazu und auch Dr. Tobias Herbst von der Gerichtsmedizin in Aachen ist auf dem Bildschirm zu sehen.

„Moin, Zusammen," grüßt Stine in die Runde und schüttet sich erstmal einen Kaffee ein. „Bist du noch im Urlaubsmodus?" fragt Jonas Richter mit einem süffisanten Lächeln. „Moin sagt man doch nur in Norddeutschland." „Oh, Mann, ich habe mich im Urlaub so daran gewöhnt, ich werde mich bessern," entschuldigt sich Stine bei dem Kollegen. „Wir haben eine knappe Stunde Zeit. Also fangen wir an. Herr Dr. Herbst, gibt es etwas was wir noch nicht wissen?" „Todesursache war ein gewaltiger Stich mit der Tatwaffe. Es ist übrigens eine Nachbildung eines römischen Kurzschwertes. Diese Waffen kann man mit stumpfer Klinge in verschiedenen Online-Shops kaufen. Die Tatwaffe wurde aber scharf geschliffen. Mit dieser Waffe hätte man wahrscheinlich auch einen Elefanten abstechen können. Das Blut auf der Stirn stammt vom Opfer. Es wurden keine Spuren von einer anderen Person gefunden. Der Todeszeitpunkt grenze ich zwischen 15:00 Uhr und 18:00 Uhr am letzten Sonntag ein. Das wäre bisher alles, ich schicke den vorläufigen Bericht gleich per Mail," berichtet der Pathologe. „Vielen Dank, Herr Doktor Herbst".

Nachdem der Pathologe sich aus der Videokonferenz verabschiedet hat, fasst Stine kurz die Befragungen von Frau Wissen und die Anwohnerbefragung in Mützenich zusammen. „Wir haben den Computer von Herrn Wissen, der wird gerade von der

Technik untersucht, das Handy fehlt noch. Frau Wissen hat uns auch noch eine Telefonnummer gegeben. Miro, kannst du nachher da mal anrufen? Wahrscheinlich ist das der letzte Kontakt mit dem Opfer. Außerdem ist einer Zeugin in Mützenich ein dunkelgrauen SUV mit Aachener Kennzeichen und ein ca. 1,80m bis 1,90m großer Mann aufgefallen. Der Mann war mit einer schwarzen Jeans und einen dunkelgrünen Kapuzenpulli bekleidet. Dieser Mann parkte den SUV genau vor dem Haus der Zeugin und ging dann zu Fuß in Richtung der Quarzit Steingruppe. Soweit die kurze Zusammenfassung unserer Nachforschungen. Wie sieht es bei euch aus, Miro und Michelle?" fragt Stine die beiden jüngsten Kommissare.

„Also," setzt Miro Keller zu seinem Bericht an. „Wir haben gestern Nachmittag und bis weit in der Nacht richtig hart gearbeitet." Die anderen Kollegen sehen sich an und brechen in gutgemeintes Lachen aus. „Seid uns nicht böse," versucht Jonas Richter die Situation zu erklären. „Aber, wenn ihr beide davon redet wie hart ihr in der Nacht gearbeitet habt, geht bei uns das Kopfkino an. Nicht böse sein." Die Gesichtsfarbe von Michelle wechselt von normal auf dunkelrot, Miro sieht die Kollegen mit einem stechenden Blick an. „Wollt ihr jetzt wissen, was wir herausgefunden haben?"

Stine schaltet sich ein. „Dann heraus mit der Sprache!" „Es gibt verschiedene Personen, die sich mit der Geschichte der Eburonen und der Schlacht bei Aduatuca mehr oder weniger befassen. Zunächst einmal ist da unser aktuelles Opfer. Im Geschichtsverein Nideggen ein gewisser Josef Meier, wohnhaft in Abenden und im Geschichtsverein Heimbach ein Peter Zillke, wohnhaft in Heimbach. Darüber hinaus gibt es einen Verein der nennt sich

„Legio Aduatuca". Der Vorsitzende heißt
Walter Klein und wohnt in Rurberg. Einmal im Jahr treffen die sich mit einem anderen Verein, die dann Eburonen darstel-
len und stellen das Leben zur Zeit der
Schlacht dar. In der „Legio Aduatuca" ist
auch ein Archäologe Mitglied. Dieser Archäologe heißt Stefan Klinker und hat seinen Bachelor im Studienfach Römische
Rheinprovinzen gemacht. Der Herr Klinker wohnt in Monschau. Soweit unsere
Recherchen, Adressen der jeweiligen Personen habe ich in unserem Bericht zusammengefasst." Damit schließt Miro Keller
seinen Vortrag. Stine klopft augenzwin-
kernd ihrem Kollegen auf die Schulter.
„Da habt ihr Beiden wirklich hart gearbeitet. Gute Nacht-Recherche!" Schon wieder
fallen die Kollegen in einen Lachkrampf.
„Männer," stöhnt Stine. „Aber, wenn bei
denen das Kopfkino angeht, sind die nicht
mehr Herr der Sinne. " Stine schaut ange-
spannt auf ihre Armbanduhr. „Oh Mann,

schon so spät. Wir sollten mit all den Personen mal reden. Meier und Zillke laden wir nach Kreuzau, Klinker nach Monschau und den Klein nach Simmerath auf die Dienststellen und klopfen denen mal auf den Busch. Aber jetzt sollten wir erstmal die Pressemeute beruhigen."

Ein paar Minuten später verliest Polizeidirektor Michael Ritter auf der Pressekonferenz die offizielle Presseerklärung. „Am Sonntagnachmittag wurde in Mützenich im Bereich der Quarzit Steine eine männliche Leiche gefunden. Der Mann konnte anhand der Ausweise identifiziert werden. Die Angehörigen wurden benachrichtigt und der Leichnam befindet sich in der Gerichtsmedizin in Aachen. Eine Obduktion wurde angeordnet. Zurzeit laufen die Ermittlungen zum Umstand des Todes noch. Wir ermitteln in alle Richtungen."

„Und das ist alles?" fragt Simon Gerdes vom WDR nach. Stine schaltet sich ein.

„Herr Gerdes, es sind mal gerade wenige Stunden nach dem Auffinden der Leiche vergangen, eine Präsentation eines Tatverdächtigen oder sogar eines Täters käme einem Wunder gleich. Für solche Wunder sind aber andere zuständig. Wir leisten hier ganz normale, aber hervorragende Polizeiarbeit." „Frau Hauptkommissarin, wir kennen uns schon eine ganze Weile, ich bin freier Mitarbeiter beim WDR und bekomme nur dann meine Arbeit bezahlt, wenn ich es mit dem Bildmaterial in die Nachrichtensendungen schaffe. Ein paar mehr Informationen würden da schon helfen."

Stine blickt den Journalisten an. „Herr Gerdes, wenn wir relevante Informationen hätten würden wir die auch veröffentlichen." Sie murmelt vor sich hin: „Augen auf bei der Berufswahl".

Nach diesem Disput schließt Polizeidirektor Ritter die Pressekonferenz.

9

Josef Meier schaut sich auf seinem Smartphone die Wettervorhersage für die nächsten Tage an. „Hm, übermorgen wäre ein guter Tag, nicht zu warm und kein Regen in Sicht. Ideal für eine Wanderung auf dem Wanderweg 77. Dann werde ich mal Stefan Bescheid sagen."

Er wählt die Nummer seines Vereinskameraden. Dieser meldet sich nach wenigen Momenten. „Hallo Stefan, wenn du Lust hast können wir uns übermorgen auf die Suche machen. Ich werde den Wanderweg 77 durch den Badewald absuchen." Erklärt Meier sein Vorhaben. „Morgen Josef," antwortet Stefan. „Übermorgen ist gut, ich habe nämlich morgen noch einen Termin bei der Polizei in Monschau. Wann und wo sollen wir uns treffen?" „Ich habe vor, um 11:00 Uhr vom Bahnhof in Abenden loszugehen. Glaubst du, dass es Zufall ist,

dass ich morgen auch einen Termin bei
der Polizei habe? Vielleicht hat es ja auch
mit dem Toten in Mützenich zu tun. Es
soll ja einer vom Geschichtsverein Monschau sein." Der Archäologe macht sich so
seine eigenen Gedanken und verabredet
sich dann mit seinem Kameraden für
11:00 Uhr am Bahnhof in Abenden. Nach
dem Telefonat überlegt sich Stefan Klinker seine Strategie für das Gespräch mit
der Polizei und auch wie er auf verschiedene Situationen während der Wanderung
mit seinem Kameraden reagieren will.

Nach Dienstschluss um 16:00 Uhr fährt
Stine nach Hause und öffnet dort angekommen eine Flasche Rotwein. Da es
noch relativ warm ist, setzt sie sich mit
dem Glas Rotwein in den Garten und geht
in Gedanken den ganzen Fall noch mal
durch. Ihre Gedanken drehen sich im
Kreis und sie ist froh als Martin endlich

nach Hause kommt. Dieser holt sich auch ein Glas Rotwein und setzt sich dann zu seiner Frau. Kurz danach wird es nochmal turbulent als Thomas Hartmann wie angedroht eintrifft.

„Sohnemann, schön, dass du da bist, lass dich umarmen," begrüßt Stine ihren Sohn. Auch Martin begrüßt den gemeinsamen Sohn mit einer Umarmung. „Was hat es denn mit deiner Überraschung auf sich?" fragt er bei seinem Sohn nach. „Moment," antwortet Thomas. Er geht noch mal zur Garage und kommt mit einer jungen Frau zurück. „Mama, Papa, dass ist Solveig. Meine Freundin." Stellt er seinen Eltern die junge Frau vor. Stine und Martin begrüßen Solveig ganz herzlich und bieten ihr das „Du" an. „Herzlich Willkommen in der Eifel," lächelt Stine. „Wie lange wollt ihr bleiben?" „Eine Woche," antwortet Thomas. „Ich zeige Solveig ein wenig unsere schöne Gegend. Danach fahren wir noch nach Stockholm." „Thomas, hol noch zwei Gläser, dann machen wir es uns hier gemütlich und plaudern ein wenig."

Am nächsten Morgen sitzen die vier beim Frühstück. „Was habt ihr beiden den so vor," fragt Martin an seinen Sohn gerichtet. „Thomas will mir heute den Rursee zeigen," antwortet Solveig. „Und morgen wollen wir ein wenig wandern." „Heute können wir euch leider nicht begleiten," bedauert Stine. „Ich habe gleich einige Zeugenbefragungen und Martin hat Dienst im Nationalparktor in Nideggen. Aber morgen könnten wir euch begleiten. Wenn ihr wollt." „Ich wollte mit Solveig den Wanderweg 77 gehen. Aber nicht von Abenden, sondern von hier aus," erklärt Thomas. „Aber, wenn Papa mitkommt hält er uns wieder einen Vortrag über die Geschichte des Badewaldes," stöhnt er. Stine lacht. „Wir werden ihm ein Pflaster auf den Mund kleben," Stine tätschelt zärtlich die Wange von Martin. „Ich werde mich zurückhalten," Martin hebt unschuldig seine Hände.

Danach fährt Stine zum Dienst. In Kreuzau angekommen, parkt sie ihren Wagen auf den für sie reservierten Platz und geht beschwingt durch die Eingangstür. Im gemeinsamen Büro begrüßt sie ihren Kollegen Miro Keller. „Moin Miro, gibt es schon was Neues?" „Morgen Stine, Peter Zillke wartet schon im Besprechungszimmer. Josef Meier kommt in einer Stunde." „Na denn man tau!" fordert Stine ihren Kollegen auf.

Sie schnappt sich ihre Unterlagen und die zwei Ermittler betreten den Besprechungsraum. „Guten Morgen Herr Zillke," begrüßt Stine ihren gegenüber. „Mein Name ist Stine Hartmann, Hauptkommissarin." „Guten Morgen Frau Hartmann, oder muss ich Hauptkommissarin sagen? Warum bin ich eigentlich hier?" „Hartmann geht auch.

Wahrscheinlich haben Sie auch schon von der Leiche in Mützenich gehört. Der Tote war ein Hobbyarchäologe und auf der Suche nach dem Legionsadler der 14. Legion. Dieser Adler ist ja bekanntlich nach der Schlacht bei Aduatuca verschwunden. Aber die ganzen Hintergründe brauche ich Ihnen ja nicht erzählen. Sie sind ja selbst auf der Suche nach dem Objekt. Ich habe auch nur ein paar Fragen an Sie. Die wichtigste zuerst: Wo waren Sie vorgestern zwischen 15:00 Uhr und 18:00 Uhr?"

„Dann ist der Tote Günther Wissen aus Imgenbroich?" fragt Zillke entsetzt. „Es stimmt, ich war auch auf der Suche. Aber nachdem ich zwischen Heimbach, Hergarten und Vlatten fast jeden Stein umgedreht habe, gab ich die Suche auf. Ich bin jetzt 75 und meine Frau meinte, wir sollten uns jetzt endlich mehr Urlaub gönnen. Deshalb habe ich auch ein Alibi für den, von ihnen genannten Zeitraum. Wir waren bis vorgestern in der Villa Küstenwind in Tossens. Um 11:00 sind wir von dort weggefahren und sind gegen 18:30 zu Hause angekommen."

„Kannst du das mal überprüfen?" fordert Stine ihren Kollegen auf. Miro Keller lässt sich von Zillke die Adresse der Unterkunft geben und verlässt den Besprechungsraum. „Dann warten wir erstmal mit den anderen Fragen," Stine wechselt den Ton ihrer Stimme. „Können Sie mir noch ein bisschen mehr von Günther Wissen erzählen?" „Nun ja, Frau Hartmann. Der Mann war besessen von der Suche. Bei jedem Treffen der Geschichtsvereine aus der Region fing er an. Er wäre eigentlich schon ziemlich nahe dran. So richtig hatte ihn dann keiner mehr für voll genommen. Meine Vermutung ist ja, das Ding liegt irgendwo unter dem Rursee. Und eigentlich ist das dann auch gut so."

In dem Moment betritt Miro Keller wieder den Besprechungsraum. „Ich habe gerade mit der Besitzerin der Villa Küstenwind gesprochen. Frau Hillers bestätigte die Abfahrt von Herrn Zillke und seiner Frau. An eine Uhrzeit konnte sie sich nicht erinnern." Stine klappt ihre Unterlagen zusammen und steht auf. „Vielen Dank Herr Zillke für ihre Mitarbeit. Meine anderen Fragen an Sie haben sich erledigt. Herr Keller wird sie herausbegleiten. Ich wünsche ihnen noch einen schönen Tag." „Ich wünsche Ihnen auch einen schönen Tag," verabschiedet sich Zillke von Stine. „Hoffentlich kriegen Sie das Schwein."

„Den Zillke können wir schon mal von der Liste der Verdächtigen streichen," bemerkt Stine zu Miro Keller. „Mal sehen, was der Herr Meier zu sagen hat." Sie schaut auf die Uhr. „Wir haben noch eine halbe Stunde Zeit. Komm, ich lade dich auf 'nen Kaffee ein. Wie ist das denn mit

Dir und Michelle?" Ein bisschen verlegen antwortet Miro. „Die Zuneigung ist beidseitig. Aber ob es was Festes wird, mal abwarten."

Die beiden Ermittler erreichen das gemeinsame Büro und gehen mit der Tasse Kaffee ihren eigenen Gedanken nach. Stine sieht noch einmal die spärlichen Informationen durch und legt ihre Notizen vom ersten Gespräch dazu. Einige Minuten später wird die Tür aufgerissen und Polizeimeister Kleine ruft in den Raum. „Der Meier ist jetzt da." Stine schreckt aus ihren Gedanken und schnauzt Kleine an. „Mensch Kleine, kannst du nicht anklopfen?" „`Tschuldigung, aber der Meier wartet vorne auf euch."

Bevor er sich noch einen weiteren Anschiss abholt, schließt Kleine die Tür und geht wieder an den Empfangstresen. Kurz nach Kleine kommt Miro Keller in den

Eingangsbereich der Polizeiwache und begrüßt Herrn Meier. „Guten Morgen Herr Meier. Schön dass sie kommen konnten. Wir untersuchen den Todesfall in Mützenich, vielleicht können sie uns bei den Ermittlungen helfen. Kommen Sie, wir gehen in den Besprechungsraum."

Keller und Meier betreten den Besprechungsraum und Keller bietet Meier einen Sitzplatz an. Einen Moment später betritt auch Stine den Raum und begrüßt Meier. „Guten Morgen Herr Meier, mein Name ist Stine Hartmann, Hauptkommissarin." Beide geben sich die Hand und setzten sich. „Guten Morgen Frau Hauptkommissarin. Ich weiß zwar nicht, wie ich Ihnen helfen kann, aber fangen wir mal an." „Hartmann reicht völlig, Herr Meier. Legen wir mal los. Wo waren sie vorgestern zwischen 15:00 und 18:00 Uhr?"

„Hm, vorgestern Nachmittag," überlegt Meier. „Da war ich zu Hause. Zuerst habe ich meine Unterlagen zum Thema Eburonen durchgesehen und dann mit Stefan Klinker telefoniert. Wir suchen noch nach einem Gelände für unser jährlichen Treffen der „Legio Aduatuca" mit dem Eburonenverein. Meinem Nachbarn gehört eine freie Fläche bei uns im Dorf. Dann haben wir uns noch für morgen zum Wandern verabredet."

Stine wendet sich an Miro Keller und dieser verlässt nach dem Blickkontakt den Besprechungsraum. Er geht in das gemeinsame Büro und telefoniert mit den Kollegen in Monschau. „Morgen Jochen, ist der Klinker schon bei euch gewesen?" „Morgen Miro," meldet sich Jochen Merzenich am anderen Ende der Leitung. „Der war schon da." „Hat der Klinker vorgestern mit seinem Vereinskollegen Meier telefoniert?" „Vorgestern nicht, aber gestern. Die beiden haben sich für morgen zum

Wandern verabredet." „Vielen Dank Jochen, dann werden wir bei Meier noch mal tiefer bohren. Bis dann."

Miro schreibt eine kurze Notiz auf einen Zettel und geht wieder in den Besprechungsraum. Er schiebt den Zettel zu seiner Kollegin. Stine sieht kurz über die Notiz und richtet ihren Blick wieder auf Meier. „Herr Meier, besitzen sie einen SUV mit dunkler Farbe und AC als Anfangsbuchstaben des Kennzeichens?" „Als SUV würde ich meinen Wagen nicht bezeichnen, Frau Hartmann. Ich habe einen dunkelblauen Kombi mit Dürener Kennzeichen."

Stine macht sich eine kurze Notiz um etwas Zeit zu gewinnen. „Herr Meier, mein Kollege Keller hat kurz mit den Kollegen in Monschau telefoniert. Stefan Klinker bestätigte das Telefonat mit ihnen. Nur hat dieses Telefongespräch nicht vorgestern, sondern gestern stattgefunden. Nochmal, was haben sie vorgestern zwischen 15:00 und 18:00 Uhr gemacht?"

Meier denkt kurz nach und schlägt sich leicht gegen seine Stirn. „Richtig, das war ja schon vorgestern. Da habe ich nichts gemacht, außer mit meiner Frau zu Mittag gegessen und nachmittags Kaffee getrunken." „Sind sie eigentlich noch aktiv auf der Suche nach dem Ort der Schlacht bei Aduatuca und dem Legionsadler?" fragt Miro Keller.

Dieses Befragungsritual haben sich die beiden Ermittler ausgedacht. Stine fragt immer nach harten Fakten und Miro versucht mit belanglosen Fragen den Befragten zu verwirren. Auch diesmal hat diese Methode Erfolg. Meier blickt verwirrt abwechselnd Stine und Miro an. „Ich weiß zwar nicht was das Ganze mit meinem Auto und meinem Alibi zu tun hat. Ja, ich versuche immer noch den Hauptort der Eburonen zu lokalisieren. Den Legionsadler habe ich aber abgeschrieben."

Stine steht auf und beendet das Gespräch. „Vielen Dank Herr Meier, sollten wir später noch Fragen an sie haben, werden wir uns bei ihnen melden." Sie gibt Meier die Hand und Miro begleitet diesen nach draußen. Wieder im Büro ziehen die beiden Ermittler eine Bilanz der beiden Gespräche. „Stimmst du mir zu? Den Zillke können wir aus dem Kreis der Verdächtigen streichen, aber der Meier ist ganz heißer Kandidat," bilanziert Stine. „Das sehe ich auch so," bestätigt Miro die Überlegungen seiner Kollegin. „Dann werde ich jetzt erstmal unseren Chef auf den Stand der Dinge bringen und danach machen wir Mittagspause."

Stine geht in das Büro von Dienststellenleiter Michael Ritter. „Mahlzeit Chef," grüßt Stine ihren Vorgesetzten. „Mahlzeit Stine, nanu, so förmlich?" erwidert Ritter und bietet Stine einen Stuhl vor dem Schreibtisch an. „Wie sieht es aus, kommt ihr voran?" „Also, wir haben die Befragung von Zillke und Meier vorerst abgeschlossen. Zillke fällt aus der Liste der verdächtigen raus. Der hat ein wasserdichtes Alibi. Meier leidet ein bisschen unter Erinnerungslücken, fährt einen dunkelblauen Kombi und ist noch aktiv auf Suche." „Also ein Verdächtiger. Kombi und SUV kann ein Zeuge schon mal verwechseln." „So ist es. Wir haben mit den Kollegen und Kolleginnen aus Monschau und Simmerath um 13:00 Uhr eine Videokonferenz verabredet, hier erfahren wir auch wie die anderen Gespräche verlaufen sind." „Sehr gut, ich bin dabei."

Stine verabschiedet von Ritter und geht zusammen mit Miro in die verdiente Mittagspause.

10

Nachdem die Eltern zur Arbeit gefahren sind, besteigen Thomas Hartmann und seine Freundin die E-Bikes und starten ihren Ausflug. Schnell sind die beiden aus Vlatten raus und fahren auf Feldwegen durch die hügelige Landschaft in Richtung Badewald. Am Rundblick Hahnenberg stoppen sie kurz und Thomas erklärt seiner Freundin die weitere Route. „Von hier aus fahren wir erstmal durch den Wald nach Hausen. An der Rur angekommen fahren wir über den Rur-Ufer-Radweg nach Heimbach. Am Freibad biegen wir nach Hasenfeld ab und fahren Richtung Jugendstilkraftwerk. Dann geht es zu letzten Mal bergauf zur Staumauer. Aber dann, mein Schatz, wird es bis Rurberg ein gemütliches radeln."

Nach einer knappen Stunde sind die beiden am Parkplatz Büdenbach angekommen und genehmigen sich ein etwas längere Pause. „Puh," stöhnt Solveig. „Ich wusste gar nicht wie anstrengend es ist, in einem Mittelgebirge mit dem Rad unterwegs zu sein." Verschmitzt lächelt Thomas. „Das ist nicht einfach nur ein Mittelgebirge. Das hier," er breitet seine Arme aus. „Das hier ist die Rureifel!"

Nach der Pause setzten die beiden ihren Weg in Richtung Rurberg fort. Durch den Wald und immer den See an der rechten Seite kommen sie nach knapp vierzig Minuten am Palushofdamm an. Hier gönnen die beiden sich eine weitere Rast und sitzen bei Pommes mit Mayo auf einen der Bänke.

„So, noch über den kleinen Damm, am Nationalparktor vorbei und zur Anlegestelle der Rurseeschifffahrt, dann beginnt der gemütlichste Teil des Ausfluges," erklärt Thomas.

Auf der Polizeistation in Kreuzau ist die Mittagspause vorbei. Polizeidirektor Ritter und die beiden Ermittler Hartmann und Keller treffen sich im Besprechungsraum. Miro Keller hat schon alles vorbereitet und auch die Kollegen und Kolleginnen aus Simmerath und Monschau sind auf dem Bildschirm zu sehen.

Ritter begrüßt alle. „Mahlzeit zusammen, ich bin nur als Beobachter hier. Presse und Polizeipräsident fragen immer bei mir zuerst, daher will ich mir einen Überblick verschaffen. Dann legt mal los." Zuerst greift Stine das Wort. „Zillke können wir vernachlässigen. Er hat ein wasserdichtes Alibi. Zur Zeit des Mordes war auf der Rückreise aus dem Urlaub. Der Urlaub und auch der Zeitpunkt der Abreise sind von der Unterkunft in Tossens bestätigt worden." „Von Holland bis hier sind es doch nur drei Stunden!" unterbricht Jonas Richter den Vortrag. „Da ist genügend Zeit für die Tat."

„Das stimmt. Nur das Tossens nicht in den Niederlanden liegt," schaltet sich Marie van Skeet, die Kollegin aus Monschau, ein. „Tossens ist ein Luftkurort an der Nordsee und gehört zur Gemeinde Butjadingen im Kreis Wesermarsch." „Lieber Jonas," ergänzt Stine die Erklärung ihrer Kollegin. „Reine Fahrtzeit, mit dem Auto, sind knapp fünf Stunden. Mit Stau und Pausen ist man länger unterwegs. Herr Zillke ist 75 Jahre alt. Er ist in Tossens um 11:00 Uhr losgefahren, damit wäre er im günstigsten Fall um 16:00 Uhr in Heimbach. Danach noch knapp 40 Minuten bis Mützenich. Kann ich mir nicht vorstellen."

„Okay, okay, ich beuge mich der weiblichen Übermacht." Richter hebt dazu beide Arme und zeigt dabei die offenen Handflächen. „Wir hatten noch einen Zweiten," fährt Stine den unterbrochenen Vortrag fort. „Josef Meier, der ist wesentlich interessanter. Herr Meier ist noch aktiv auf der Suche, er fährt einen dunkelblauen Kombi mit Dürener Kennzeichen, wirkte bei der Befragung ziemlich nervös, verstrickte sich in Widersprüchen und er hat kein Alibi. Den sollten wir auf jeden Fall im Auge behalten." Stine schüttet sich ein Glas Wasser ein.

„Was hat den die Befragung von Klein ergeben?" Stine richtet sich an die Kollegen in Simmerath. „Herr Klein ist eigentlich nur der Vorsitzende der „Legio Aduatuca"," beginnt Michelle Winter ihren Bericht. „Er interessiert sich nur für die Geschichte der römischen Legionen und hat keine Lust, ich zitiere: „Auf dem Boden rumzukriechen und mit kleinen Schaufeln Löcher zu buddeln". Auch sein Auto stimmt nicht mit der Aussage der

Zeugin in Mützenich überein. Er fährt einen weißen Japaner. Außerdem hat er ein Alibi. Er traf sich mit dem Vorsitzenden des Eburonenclubs, um das jährliche Treffen vorzubereiten. Nach seiner Aussage sind die beiden Vereine noch auf der Suche nach einem geeigneten Gelände. Das war's von uns."

„Na dann, Marie" schaltet sich Jochen Merzenich ein und lächelt seine Kollegin und Lebensgefährtin an. „Die anderen haben sich den Mund fusselig geredet. So etwas haben wir nicht nötig. Sollen wir denen mal ein lustiges Video zeigen?"
„Wenn wir dürfen," feixt Marie zurück. Stine fordert die beiden auf. „Zur Vorerklärung," spricht Jochen zu den Kollegen und Kolleginnen. „Der Herr Doktor Klinker kam mit seinem Rechtsanwalt. Doktor Gebhardt Zorngiebel. Der sieht genauso aus wie er heißt. Aber seht selber."

Merzenich startet die Aufzeichnung. Auf dem Bildschirm ist der Besprechungsraum der Dienststelle Monschau zu sehen. In der Mitte steht ein ovaler Tisch. Auf dem Tisch sind verschiede Getränke, zwei Kannen und Tassen und Gläser zu sehen. Auf der einen Seite des Tischs sitzen die Ermittler Merzenich und van Skeet. Auf der anderen Seite Klinker und sein Rechtsanwalt. „Herr Klinker, wir bedanken uns zuerst mal bei Ihnen für Ihr Kommen. Mein Name ist van Skeet, Oberkommissarin und neben mir ist der Kollege Merzenich. Sind sie beide damit einverstanden, dass wir die Unterhaltung aufzeichnen?" eröffnet Marie das Gespräch. Beide nicken. „Frau Oberkommissarin, ist das hier ein Verhör, Zeugenbefragung oder nur ein Gespräch," will der Rechtsanwalt wissen.

„Herr Doktor Zorngiebel, wir möchten uns nur mit ihrem Klienten unterhalten. Sollte es während des Gespräches zu mehr kommen, werden wir rechtzeitig darauf hinweisen. Darf ich jetzt beginnen." Leicht genervt stellt Marie die erste Frage an Klinker. „Herr Klinker, vorgestern ist der Hobbyarchäologe Günther Wissen am Steling zu Tode gekommen. Kennen Sie diesen Herrn?" „Natürlich," antwortet Klinker sichtlich geschockt. „Wir haben uns öfters getroffen und ein wenig gefachsimpelt." Er lehnt sich zurück und streckt seinen Brustkorb nach vorne. „Wie sie vielleicht wissen, bin ich studierter Archäologe und Spezialist für römischen Rheinprovinzen. Herr Wissen hat mich wegen der Schlacht bei Aduatuca kontaktiert. Er ist, bzw. war auf der Suche nach dem Legionsadler. Ich habe mich auch mit dem Buch „De Bello Gallico" von Julius Caesar beschäftigt. Mein Fazit ist eigentlich: es ist unmöglich mit den wenigen Angaben in den Quellen weder den Hauptort noch den Ort der Schlacht zu lokalisieren.

Daher ist es auch unmöglich den Adler zu finden."

Klinker gießt nach dem Vortrag eine Tasse Kaffee ein. „Kommen wir zur nächsten Frage," Jochen Merzenich geht das ganze Auftreten der anderen Seite auf den Keks. „Besitzen Sie oder benutzen Sie einen dunkel farbigen SUV?" „Ich besitze gar kein Auto, wenn ich eins brauche, leihe ich für den Tag eins aus. Das ist billiger und umweltfreundlicher." „Dann habe ich noch eine letzte Frage. Wo waren Sie vorgestern zwischen 15:00 und 18:00 Uhr?" „Wieso braucht mein Mandant ein Alibi," schaltet sich der Rechtsanwalt ein. „Wenn Sie meinen Mandanten verdächtigen müssen sie ihn erst über seine Rechte aufklären."

„Herr Doktor Zorngiebel," greift Marie wieder ein. Auch ihr geht das arrogante Gehabe der beiden gegen den Strich. „Das ist eine einfache Routinefrage, das sollten sie eigentlich wissen." Sie wendet sich an Klinker. „Also, wo waren Sie vorgestern in der gefragten Zeit." Klinker überlegt kurz. „Vorgestern? Ach ja, da war ich zu Hause und habe an meinen Vortrag gearbeitet." Er schaut auf seine Uhr. „War's das jetzt? In einer Stunde soll ich einen Vortrag in Aachen halten." „Sollte mein Mandant nicht rechtzeitig zu seinem Vortrag erscheinen," schon wieder spielt sich der Rechtsanwalt auf, „mache ich Sie dafür verantwortlich."

Marie und Jochen sehen sich an. „Keine weiteren Fragen. Das war's für heute. Schönen Tag," verabschiedet sich Marie. Doktor Zorngiebel und Klinker verlassen den Raum. „Hier endet die Aufnahme," erklärt Jochen und stoppt das Video. Sofort sind wieder alle auf dem Bildschirm zu sehen.

„Dann haben wir jetzt zwei interessante Vögel," zieht Polizeidirektor Michael Ritter eine Bilanz der Videoschaltung. „Wie machen wir jetzt weiter?" „Viel können wir nicht machen," antwortet Stine ein wenig resignierend. „Miro und Michelle, könntet ihr nochmal den Meier und auch den Klinker komplett durchleuchten? Vielleicht finden wir doch noch einen Ansatz." Die Angesprochenen nicken. „Wir machen uns gleich an die Arbeit," bestätigt Miro Keller. „Aber nicht wieder die halbe Nacht und nicht zu hart," nimmt Jochen Merzenich die Beiden auf die Schippe. „Dann beende ich die Konferenz," schreitet Stine ein. „Ich bin morgen nur über mein Handy erreichbar. Mein Sohn ist mit seiner Freundin zu Besuch und wir wollen morgen gemeinsam wandern." Stine schaltet den Bildschirm ab.

„Seit wann hat dein Sohn eine Freundin," fragt Ritter. „Er ist doch nur in der Weltgeschichte unterwegs." „Das ist ja auch eine internationale Beziehung. Solveig kommt aus Schweden und arbeitet auf dem gleichen Schiff wie Thomas." „Na dann, schönen Feierabend und viel Spaß morgen."

Klinker ist direkt nach dem Gespräch in der Polizeistation die weinigen Meter zu seinem Haus gegangen. Er schaut auf seine Uhr. „Geht grad so, komme noch rechtzeitig zu meinem Treffen mit Munster," denkt er sich. „Wieso will der mich auf einem Schiff auf dem Rursee treffen?" Er zieht sich um und geht die wenigen Schritte zum Parkhaus. Bevor er losfährt, tauscht er noch die Nummernschilder aus. „Heute mal Kreis Wesel". Von Munster bekam er acht gefälschte Nummernschilder aus verschiedenen Kreisen, alle mit Plaketten.

Er fährt los in Richtung Rurberg. „Wie gut, dass das Auto noch über meinen Vater angemeldet ist," denkt er sich. „So konnte ich den Dorfpolizisten sogar die Wahrheit sagen."

Über Imgenbroich, Simmerath und Kesternich erreicht er nach fünfundzwanzig Minuten Rurberg. Er parkt seinen Wagen oberhalb des Nationalpark Tores, startet seine Park-App und stellt die Parkzeit auf vier Stunden ein. Danach geht er gemütlich die fünf Minuten zum Schiffsanleger. Er kauft sich ein Ticket für die Rundfahrt auf dem Rursee und sieht sich suchend um. Bis auf zwei junge Leute mit Fahrrädern warten bisher noch keine Anderen auf das Schiff. Er schaut auf seine Uhr. Das nächste Schiff fährt erst in fünfzehn Minuten ab, also noch viel Zeit. Nach wenigen Minuten entdeckt er Munster und auch der Wartebereich am Schiffsanleger füllt sich langsam.

Pünktlich legt das Schiff an. Zuerst gehen einige Passagiere von Bord und danach dürfen erst die Personen mit Rädern an Bord. Als er endlich an der Reihe ist, flüstert hinter ihm eine Stimme „Ich will auf das Oberdeck. Sieh zu, das wir noch einen Platz bekommen." Er traut sich nicht, sich umzudrehen und begibt sich, nachdem sein Ticket kontrolliert wurde, direkt auf das Oberdeck.

Die einzige freie Bank ist die hinter den beiden jungen Leuten. Mit einem mulmigen Gefühl setzt er sich auf die freie Bank. Kurz danach kommt Munster auf das Oberdeck und setzt sich neben ihm. „Geht doch, hier oben haben wir wenigstens frische Luft und müssen nicht so laut schreien." Misstrauisch betrachtet Munster die beiden jungen Leute vor ihm. Er beruhigt sich wieder, denn die beiden sich mehr mit miteinander beschäftigt und haben anscheinend keinen Blick für die Welt außerhalb des gemeinsamen Kosmos. Küsschen hier, Küsschen da.

Das Schiff legt ab und dreht in die Fahrtrichtung. „Ich habe wenig Zeit," beginnt Munster das Gespräch. „wie war es bei den Bullen?" „Halb so wild," antwortet Klinker. „Ich hatte ja den Zorngiebel dabei." „Wie sieht es denn jetzt mit dem Adler aus? Denk daran, die Zeit läuft. Wenn du nicht bald in die Pötte kommst, schicke ich dir Igor vorbei. Der wird dein Motivationslevel steil nach oben schicken." „Ist ja schon gut, du brauchst mir nicht jedes Mal erzählen, dass du den Adler unbedingt haben willst. Morgen treffe ich mich mit einer weiteren Kontaktperson. Bei dem versuche ich, weitere Informationen rauszukitzeln.

„Puh, ich bin ganz schön kaputt," stöhnt Solveig und lehnt sich an Thomas an. Die beiden konnten als erste an Bord gehen und haben Ihre Räder im Eingangsbereich gesichert deponiert. Danach sind beide auf das Oberdeck gegangen und haben sich in Fahrtrichtung auf eine Bank gesetzt. „Du hast ja jetzt eine dreiviertel Stunde Zeit dich auszuruhen," versucht Thomas seine Freundin aufzumuntern. Er zieht sie näher an sich ran und küsst ihr auf die Stirn.

Wie immer ist er von der Landschaft rund um den Rursee fasziniert. Obwohl er auf den Weltmeeren mittlerweile zu Hause ist und viele schöne Gegenden auf der Erde kennengelernt hat, freut er sich immer auf eine Rundfahrt auf dem heimatlichen See. Anfangs kann er noch die Fahrt genießen, doch sobald das Gespräch hinter ihm in Gang kommt und er die ersten Wortfetzen aufschnappt kommen bei ihm die Gene seiner Mutter durch.

Seine Nackenjahre stellten sich auf als er die Wörter „Bullen und Adler" hört. Besorgt sieht er nach seiner Freundin, doch die ist inzwischen im Reich der Träume angelangt. Er spitzt seine Ohren und traut sich nicht sich umzudrehen. Weitere Wörter schnappt er auf. „Morgen, Informant, herauskitzeln". „Wird da ein Verbrechen besprochen?" denkt er sich. „Vielleicht ist das ja auch ganz harmlos." Das Schiff legt in Woffelsbach an. Von diesem Manöver aufgeweckt kehrt Solveig wieder ins hier und jetzt zurück. „Sind wir schon da?" fragt sie ihren Freund. Dieser schreckt aus seinen Gedanken. „Guten Morgen, gut geschlafen?" Er gibt ihr einen Kuss. „Eigentlich wollte ich ja mit Dir über den Rursee fahren um dir die Landschaft zu zeigen." „Ich bin kurz eingenickt, aber jetzt bin wieder ganz bei dir." „Dann werde ich dich mal mit der Geschichte des Rursees Volltexten." „Nein bloß nicht, lass uns den Rest der Fahrt genießen."

Nachdem das Schiff wieder abgelegt hat dreht sich Solveig um und nickt freundlich den hinter ihr sitzenden Herrschaften zu.

Thomas wird es ganz warm, er dreht sich ebenfalls um. Hinter ihm sitzt ein älteres Ehepaar und nickt freundlich zurück. „Hab ich das vorhin alles nur geträumt?" fragt sich Thomas. „Oder sind die beiden Männer in Woffelsbach ausgestiegen?"

Während der restlichen Fahrt machte Solveig einige Fotos mit dem Handy darunter auch ein paar Selfies. Nach fünfundzwanzig Minuten legt das Schiff am Schiffsanleger Schwammenauel an. Die Beiden entsichern ihre Fahrräder und schieben diese von Bord. Sie überqueren die L11 und biegen links ins Ferienresort. Gemütlich lassen sie die Räder am Resort vorbei ins Tal rollen.

Nach sechs Minuten erreichen sie das Jugendstilkraftwerk Heimbach. Hier erklärt Thomas seiner Freundin eine kurze Zusammenfassung über die Geschichte des Jugendstilbauwerks. Weiter geht die Radelei am Staubecken entlang und in Heimbach angekommen gönnen sich beiden noch ein Eis. „Ab hier wird´s wieder ein bisschen hügeliger, aber in einer halben Stunde sind wir zu Hause", behauptet Thomas. Solveig stöhnt. „Haben wir noch genügend Akkuleistung? Ich möchte die Bikes nicht den Berg hochschieben."

Thomas überprüft den Ladestand der Akkus. „Keine Sorge, den einen Hügel schaffen wir locker damit." Das Eis ist vernichtet und die beiden machen sich auf zur letzten Etappe. Die sechs Kilometer sind in einer knappen halben Stunde geschafft. Die Fahrräder werden in der Garage untergebracht. Die Eltern sind noch nicht zu Hause und das Pärchen springt erstmal unter die Dusche.

Fast zeitgleich treffen Martin und Stine Hartmann zu Hause ein. Bevor sich alle gegenseitig vom Tag erzählen bereiten die vier erstmal das Abendessen zu und setzten sich zum Essen in die Küche. „Fast so, wie bei uns zu Hause. Wir sitzen auch immer zum Essen in der Küche," begeistert sich Solveig. „Leider bin ich nur noch selten in Stockholm."

„Nach dem Essen ist es im Hause Hartmann schon Tradition, dass jeder noch erzählt wie der Tag abgelaufen ist," erklärt Martin. „Danach sind eigentlich alle negativen Ereignisse aus dem Kopf und wir können uns für den Abend entspannen. Ich fang mal an. Es war ein normaler Tag. Die üblichen Fragen nach Wanderwegen und dem Weg von der Stadt zur Burg. Eins war jedoch verwunderlich: Ein Mann kann rein und fragte mich über den Wanderweg 77 im Badewald aus. Ob man da noch eventuell Kampfspuren von der Eburonenschlacht sehen könnte. Ich habe ihm erklärt, dass die Schlacht vor über 2000 Jahren stattfand und er davon bestimmt nichts mehr findet."

„Kannst du den Mann beschreiben?" „Groß, ca. 1,80m aber so genau hab´ ich mir den nicht angesehen. Es kamen ja immer weiter Leute rein. Ist das denn wichtig?" „Eventuell, wir haben einen Verdächtigen in unserem aktuellen Fall. Der interessiert sich für alles Römische und ist ca. 180cm groß. Vielmehr darf aber auch nicht erzählen," erklärt Stine. „Und schon habe ich meinen Tag grob zusammengefasst. Ach so, obwohl wir mitten in einem Fall stecken, habe ich mir morgen frei genommen und komme mit auf die Wanderung."

„Ich weiß nicht ob ich das morgen schaffe," jammert Solveig. „Euer Sohn hat mich heute gefühlt durch die ganze Eifel fahren lassen. Morgen habe ich bestimmt Muskelkater." „Die Wanderung morgen ist eigentlich ein Spaziergang," muntert Stine ihre Schwiegertochter in spé auf.

„Ich habe aber noch etwas Komisches," meldet sich Thomas. Auf der Rückfahrt von Rurberg mit Schiff nach Schwammenauel." „Was," erstaunt fragt Martin seinen Sohn. „Ihr seid nicht um den ganzen Rursee gefahren!"

„Jetzt unterbrich doch Thomas nicht," schimpft Stine. „Las ihn doch erstmal erzählen. Was war denn so merkwürdig?" „Also auf der Fahrt von Rurberg nach Woffelsbach saßen anscheinend zwei Männer hinter uns. Solveig war eingenickt und ich wollte eigentlich die Landschaft genießen. Auf einmal schnappte ich Bullen und Adler und später noch Morgen, Informant, herauskitzeln, auf. Hörte sich fast so an, als wenn die Beiden ein Verbrechen planen oder gerade am Laufen haben."

Stine reißt die Augen auf. „Kannst du die beiden beschreiben?" „Nee, ich habe mich nicht getraut mich umzudrehen und kurz danach ist Solveig wieder aufgewacht. Wir haben uns umgedreht als das Schiff von Woffelsbach weiterfuhr und da saß ein älteres Pärchen hinter uns. Zuerst habe ich gedacht der Fahrtwind hätte mir ein Streich gespielt."

„Mein Sohn," stolz fährt Stine ihren Sohn durch die Haare. „ganz schön clever. Du hast dich richtig verhalten. Zurzeit bearbeiten wir einen Fall. Wir haben einen Toten in Mützenich. Wahrscheinlich saß hinter Euch der Täter und sein Komplize. Schade das ihr ihn nicht gesehen habt." Völlig schockiert fängt Solveig an zu zittern und alle versuchen, die junge Frau zu beruhigen.

11

„Morgen Michael," Stine telefoniert mit ihrem Chef, Polizeidirektor Ritter, „kannst Du mal den Monschauern Bescheid geben. Die sollen mal überprüfen, ob der Stefan Klinker zu Hause ist?" „Morgen Stine," Ritter wundert sich ein wenig. „Ich denke du hast frei?" „Frei habe ich schon. Es gibt aber neue Fakten. Mein Sohn war gestern mit seiner Freundin am Rursee. Die beiden sind von Rurberg nach Schwammenauel mit dem Schiff gefahren, dabei hat Thomas Gesprächsfetzen mitbekommen. Ich glaube, dass unser Täter und sein Komplize das nächste Verbrechen geplant haben. Wir haben bisher zwei Verdächtige: Klinker und Meier. Miro überprüft gerade, ob der Meier zu Hause ist."

„Alles klar, ich rufe gleich in Monschau an. Soll ich dir dann Bescheid geben oder willst du deinen freien Tag doch genießen?" „Kannst ruhig anrufen. Wir gehen nur ein bisschen wandern." „Na dann, viel Spaß und verlauft euch nicht."

Stine schnappt sich den gepackten Rucksack und gesellt sich zu den Anderen. Sie hakt sich bei Solveig ein. „Auf geht's," fordert sie und marschiert mit der Freundin ihres Sohnes frohen Mutes voraus. „Hast du ihr was in den Tee getan?" fragt Thomas seinen Vater. „Warts mal ab," beruhigt dieser seinen Sohn. „Sobald es bergauf geht lassen wir die zwei hinter uns."

Die vier überqueren die Bundesstraße 265 und wandern durch die Felder. „Ich hatte gestern noch im Nachhinein richtig Angst bekommen," wendet sich Solveig an Stine. „Schon gut, dass ich das Alles nicht mitbekommen habe." „Alles halb so wild," beruhigt Stine. „Auf dem Schiff wäre sowieso nichts passiert. Wie habt ihr euch eigentlich kennengelernt?" „Ich arbeite seit einem halben Jahr auf dem gleichen Schiff wie Thomas. Als Eventmanagerin habe ich oft mit der Rezeption zu tun. Ein Blick, ein gemeinsamer freier Tag und schon war es passiert." „Find ich richtig gut. Wir hatten schon gedacht unser Sohn würde nie eine Frau abbekommen," lacht Stine.

„Aber jetzt sollten wir unsere Luft aufsparen bis wir über den Hügel sind." Schweigend und keuchend gehen die Frauen den Hügel hoch. Auf halber Strecke werden sie von den Männern überholt. „Sollen wir euch schieben oder tragen," lästert Martin. „Wird sonst schwierig, im Hellen wieder zu Hause zu sein. Wir warten oben auf euch."

Zehn Minuten später haben auch die Frauen die Kuppe erreicht. Martin zeigt zum nächsten Hügel. „So, erstmal bergab, dann flach mit der Querung des Neffelbaches. Dann nochmal bergauf zum Badewald." Bevor es weiter geht, bekommt Stine noch die Nachricht das weder Klinker noch Meier zu Hause sind. Sie denkt sich: „Was haben die Zwei vor?"

Stefan Klinker wartet zur gleichen Zeit am Bahnhof in Abenden auf Josef Meier. Er hatte Monschau am frühen Morgen hinter sich gelassen. Sein Wagen, diesmal mit Düsseldorfer Kennzeichen, steht auf dem Parkplatz in Blens. Von hier aus fuhr er mit der Rurtalbahn bis Abenden. Nach intensivem Studium des Wanderweges hat er auch schon eine Stelle, wo er sich von Meier verabschiedet, gefunden. Von seinem Sitzplatz kann er diese Stelle sehr gut betrachten. Es sind nur zehn Minuten von dort bis zurück zum Bahnhof.

„Morgen Stefan," begrüßt Meier seinen Legionskameraden. „Wartest du schon lange?" „Morgen Josef, alles gut. Bin gerade erst angekommen," lügt er. „Was schleppst du denn alles mit?"

„Ich bin ein genehmigter Sondengänger beim Amt für Bodendenkmalpflege. Daher kann ich nicht einfach losbuddeln. Ich muss die mutmaßliche Fundstelle markieren, die GPS-Daten notieren und dann vom Amt eine Grabung genehmigen lassen. Sollen wir dann mal loslegen? Wenn es gut läuft, sind wir eventuell vier Stunden unterwegs!" „Wie vier Stunden," fragt Klinker. „Normalerweise laufen wir doch nur zwei bis drei Stunden." „Die Suche mit der Sonde dauert halt etwas länger. Wie gesagt, wir müssen jede potentielle Fundstelle markieren und dokumentieren."

Die Beiden gehen über die Rurbrücke, weiter durch die Mühlbachstraße in den Wald und folgen der Wanderwegmarkierung. Nach zehn Minuten liegen die letzten Häuser hinter ihnen. Meier schaltet seinen Metalldetektor ein und lässt diesen über den Boden schweben. Nach 100 Metern schlägt das Gerät an. Meier nimmt seinen Rucksack vom Rücken, packt ein kleines, nummeriertes Fähnchen und ein Notizbuch aus. Er steckt das Fähnchen in den Boden und ermittelt mittels Handy die GPS-Daten. Klinker schaut interessiert zu und denkt sich. „Wenn das so weitergeht sind wir morgenfrüh noch unterwegs. Aber lass ihn nur machen, dann brauche ich morgen nur noch die Fähnchen abklappern." Auf den nächsten zwei Kilometern vollzieht Meier die gleiche Prozedur noch sieben Mal. Nach knapp fünfzig Minuten erreichen die Beiden den Wendepunkt vom Wanderweg, ca. zweihundert Meter unterhalb der K48. Von hier aus geht der Wanderweg wieder bergab Richtung Heldenberg und zurück nach Abenden.

Die Hartmanns überqueren den Neffelbach und steigen dann wieder bergauf in Richtung Forsthaus im Badewald. „Wenn wir am Forsthaus angekommen sind machen wir nochmal eine Pause," wendet sich Martin an Solveig. „Den Besitzer kenne ich gut. Wir können garantiert eine Sitzgelegenheit nutzen. Vom Forsthaus geht es nur noch bergab nach Abenden. Dann hast du es geschafft." Solveig lächelt. „Da lauf ich lieber den ganzen Tag durch Stockholm. Ist nicht so hügelig wie hier."

„Wenn wir in Abenden sind, haben wir noch eine Überraschung für dich." „Na dann, auf geht´s!" fordert Solveig die Anderen auf. „Das letzte Stück bergauf schaffe ich auch noch. Kein Problem!" So laufen die vier bergauf und durch den Wald. Nach einer halben Stunde erreichen sie die K48 und das Forsthaus. Die Bank vor dem Haus hat die Anziehungskraft eines Magneten und die vier lassen sich darauf nieder. Martin klingelt kurz am Haus und kommt mit einer großen Karaffe Wasser und vier Gläsern zurück. „Viele Grüße vom Besitzer. Er hat die Karaffe schon seit einer Stunde im Kühlschrank."

Obwohl jeder seine eigene Wasserflasche dabeihat, stürzen sie sich auf das kühle Nass. Nachdem der erste Durst gestillt ist, wendet sich Solveig an Martin. „Wieso steht eigentlich der Schriftzug „ADUATUCA" am Forsthaus?"

Stine und Thomas stöhnen auf. „Martin!" Stine ermahnt ihren Mann. „Nur die ganz kurze Fassung. Ich erlaube dir nur drei Sätze. Sonst sitzen wir noch morgen früh hier."

„Solveig, du hast es gehört," erklärt Martin. „In dieser Gegend haben vor ca. 2000 Jahren die Eburonen gesiedelt. In der Lite-

ratur wird deren Hauptort Aduatuca be-
nannt und die Legionen Caesars haben den
Ort dem Erdboden gleichgemacht und
auch den Stamm der Eburonen ausge-
löscht. An dieses Ereignis soll der Schriftzug am Haus erinnern. Das waren drei
Sätze." Den letzten Satz sagte er in Richtung seiner Frau. Nach dieser Erklärung
vertilgen die vier noch ihren mitgebrach-
ten Proviant.

„Also dann, weiter geht´s." fordert
Thomas seine Mitstreiter auf.

12

„Von hier gehen wir bergab in Richtung Abenden," erklärt Meier und lässt den Metalldetektor weiter über den Boden kreisen. Klinker wirkt schon langsam genervt von dem ganzen Piepsen. Er würde am liebsten ohne weitere Suche zu der ausgesuchten Stelle gehen. „Du kennst hier doch jeden Stein und Baum mit Vornamen, Josef. Gibt es eine Möglichkeit auf die Jufferley zu kommen?" „Bloß nicht! Das ist Brutgebiet vom Uhu." „Och komm, nur mal kurz drauf, gucken und wieder weg." „Na schön. Wir gehen noch knapp zehn Minuten auf dem Weg. Dann geht´s über einen Trampelpfad zum Felsen. Hoffentlich sieht uns keiner. Wenn die uns erwischen, kann das richtig teuer werden."

Der Trampelpfad ist erreicht, die Beiden schlagen sich durch die üppige Natur und nach ein paar Minuten stehen sie auf der Jufferley. „Ich muss mal für kleine Jungs," druckst sich Klinker. „Bin gleich wieder da." Er geht vom Felsen und dreht nach ein paar Sekunden wiederum.

Klinker schleicht sich an Meier an und zieht das Kurzschwert vorsichtig aus der Jackentasche. Er will gerade zustechen, als sich Meier ein wenig dreht. Das Kurzschwert dringt in den Schulterbereich ein und Klinker stößt Meier über die Felskante. „Den Sturz kann er unmöglich überleben," denkt er sich. Er wartet den Aufschlag nicht ab und geht so schnell wie möglich über den Trampelpfad zum Wirtschaftsweg. Nach zehn Minuten sitzt er im Auto und fährt von Blens in Richtung Heimbach und dann weiter bis Monschau.

Die Hartmanns gehen ein Stück auf der K48 und biegen nach links in den Weg ab. Nach hundert Metern schaut Stine über das Feld und bemerkt auf den parallelen

Weg zwei weitere Wanderer. „Wir haben gestern verschiedene Felsformationen von der Straße aus gesehen," fragt Solveig an Martin gerichtet. „Kommt man eigentlich von hier auf die Felsköpfe?" „Das Betreten der Felsköpfe ist verboten," erklärt Martin. „Hier brütet der Uhu. Daher gibt es auch keine Wege zu den Felsen."

Gute zehn Minuten später stehen die Vier am Heldenberg und genießen die Aussicht. Nach kurzer Pause wird der Weg fortgesetzt. „Ich bin immer wieder erstaunt, wie ruhig es hier ist. Außer gelegentlichen Schreien der Raubvögel ist hier nichts zu hören," bemerkt Stine.

Genau in dem Moment zerreißt ein markerschütternder Schrei die Ruhe. „Was war das denn?" fragt Thomas und schaut sich besorgt um. „Hörte sich an, als ob einer vom Felsen gestürzt ist," vermutet sein Vater. „Unwahrscheinlich, denn auf den

Felsen herrscht absolutes Betretungsverbot." „Welche Felsen gibt es denn hier?" fragt Stine. „Direkt hier sind die Breidesley und die Jufferley," antwortet Martin. „Wir sollten zumindest mal nachsehen," fordert Stine die anderen auf. „Wir können zuerst von hier aus zu Breidesley. Dann müssen wir wieder zurück auf den Weg und nach zehn Minuten können wir über einen Trampelpfad zur Jufferley."

„Wir bleiben hier und warten auf Euch," erklärt Thomas. Stine und Martin biegen vom Weg ab und gehen durch die Bewaldung zur Breidesley. „Sei vorsichtig," fordert Martin seine Frau auf als sie den Felsen erreicht haben. Stine tastet sich vorsichtig bis zur Felskante. Sie sieht auf der untenliegenden Straße einen dunklen SUV vorbeifahren und wagt einen Blick in die Tiefe. Danach schaut sie sich noch auf dem Plateau um, kann aber nichts Verdächtiges erkennen. „Hier ist nichts," stellt sie fest. „Gehen wir zur Jufferley," fordert sie Martin auf.

Die beiden gehen den Weg zurück und treffen nach einigen Minuten wieder auf Thomas und Solveig. Nach zehn Minuten ist der Trampelpfad zur Jufferley erreicht. Thomas und Solveig warten wieder und Stine biegt mit Martin in den Weg ab.

„Schau mal," fordert Stine Martin auf. „Auf dem Waldboden sind Fußspuren zu erkennen. Wir sollten versuchen nicht in die Spuren zu treten." Vorsichtig gehen die beiden weiter und sind nach wenigen Minuten an der Jufferley. Martin wartet vor der Felsformation und Stine untersucht den Felskopf. „Hier ist Blut!" stellt sie fest. „Wenn der Schrei von hier kam, sollten wir die Kollegen alarmieren. Vielleicht ist da mehr als nur ein Sturz." Sie schaut auf ihr Handy. „Kein Netz! Gehen wir zurück."

Am Wirtschaftsweg angekommen versucht Stine es erneut. „Ah wunderbar, wieder ein Netz." Sie ruft ihren Chef in Kreuzau an. „Hallo Michael, ich stehe hier oberhalb von Blens an der Jufferley. Wir haben einen deftigen Schrei gehört und auf dem Felsen sind Blutspuren." „Wo Du bist, ist das Verbrechen nicht weit. Erklär mir mal wo das genau ist. Warte, ich mach mal die Karte auf. Oberhalb von Blens, Jufferley. Jetzt sehe ich den Ort. Wie kommen wir da hin?" „Warte ich gebe dir mal Martin."

„Hallo Michael hier ist Martin. Ihr kommt über die L 249 über Abenden nach Blens. Kurz vor Blens links in die Hausener Gasse, die nächste Möglichkeit rechts danach wieder links und dann immer geradeaus bis der Weg endet. Danach geht´s nur noch zu Fuß durch den Wald." „Ist mir zu kompliziert. Können wir unten an der Straße parken?" „Dann parkt besser in

Blens am Bahnhof. Ich gebe dich wieder zurück." „Michael, wir kommen zu Fuß zum Bahnhof. Bis gleich."

Nach zwanzig Minuten erreichen die vier den Bahnhof in Blens. In der Zwischenzeit sind Rettungswagen, Notarzt und die Blenser Feuerwehr am Bahnhof eingetroffen. Gleichzeitig mit den Hartmanns treffen auch die Kollegen aus Kreuzau ein. „Papa," stellt Thomas fest. „Da steht ja dein Auto!" „Deine Mutter und ich haben den Wagen schon gestern Abend hier hingefahren. Wir wollten eigentlich nach der Wanderung mit euch beiden Essen gehen." „Ihr drei fahrt schon mal nach Hause," bestimmt Stine. „Ich kann euch hier nicht gebrauchen und Solveig sieht schon wieder ziemlich käsig aus." Sie gibt ihrem Mann einen Kuss und begibt sich zu den Einsatzkräften.

13

„Kurze Lagebesprechung!" Polizeidirektor Ritter ruft alle Einsatzkräfte zusammen. Nachdem sich alle versammelt haben, fordert er Stine auf die Lage zu erklären. „Auf der Jufferley habe ich Blutspuren gefunden und vorher einen furchtbaren Schrei gehört. Wahrscheinlich hat auf dem Felsen ein Gewaltverbrechen stattgefunden. Eventuell ist das Opfer vom Felsen gestoßen worden. Ein ortskundiger Kollege soll mit unserer Spurensicherung zum Felsenkopf, alle anderen suchen den unteren Bereich am Felsen ab. Wir sollten die Landstraße für die Dauer des Einsatzes sperren."

Den letzten Satz richtete Stine an ihren Chef. Ritter teilt Kräfte der Feuerwehr und Polizei zur Sperrung der Straße ein. Als die Sperrung steht, begeben sich jeweils zweier Trupps auf die Suche nach dem eventuellen

Opfer. Ritter gibt noch die Sperrung der L249 an die Leitstelle weiter.

Martin, Thomas und Solveig sind zu Hause angekommen und sitzen in der Küche, um die Ereignisse vom Nachmittag zu verarbeiten. „Meine Güte," stöhnt Solveig und sitzt völlig aufgelöst am Küchentisch. „Thomas hat mir versichert, dass wir ein paar ruhige Tage bei Euch in der Eifel verbringen können. Aber die letzten Tage haben mir gereicht. Zuerst sitzen wir vor zwei Verbrechern auf dem Schiff und heute sind wir fast bei einem Verbrechen live dabei. Wenn das ruhige Tage sind möchte ich nicht hier sein, wenn es stressig wird." „Das ist nicht immer so," Thomas versucht seine Freundin zu beruhigen. „Wir sind halt nur zur falschen Zeit am falschen Ort. Am besten fahren wir morgen schon nach Stockholm. Zuerst sollten wir aber mal abwarten und mit Mama sprechen. Vielleicht braucht sie uns wegen einer Zeugenaussage." „Ich weiß auch nicht was immer ist?" fragt sich Martin. „Heute werden wir bei einer gemütlichen Wanderung unterbrochen, beim letzten Mal mussten wir sogar unsere Feier abbrechen. Ich kann euch verstehen. Von wegen gemütliche Urlaubstage."

Stefan Klinker ist in der Zwischenzeit in seiner Wohnung in Monschau angekommen. „So, der Meier ist Geschichte," denkt er sich. „Ich werde noch ein paar Tage meine Füße stillhalten und dann den Weg nochmal gehen und die Stellen mit den Fähnchen genauer untersuchen. Mit viel Glück hatte der Meier doch recht und ich finde auf dem Weg den Adler."

In Blens läuft die Suchaktion an, die Spurensicherung untersucht den Felsenkopf und Stine berichtet Ritter nochmal in Ruhe von ihren Wahrnehmungen. „Wir sind gerade auf dem Weg vom Forsthaus im Badewald zurück nach Abenden. Ich habe vor uns noch zwei Personen gesehen, die beiden hatten ungefähr fünfzehn Minuten Vorsprung. Als wir auf der Höhe der Breidesley sind hören wir einen markerschütternden Schrei. Ich habe gleich vermutet, dass da jemand vom Felsen gestürzt ist. Martin und ich sind dann zuerst zur Breidesley. Hier war nichts zu sehen. Danach sind wir zur Jufferley. Ich konnte auf dem Felsenkopf Blutspuren feststellen, konnte aber sonst nichts sehen. Dann habe ich dich angerufen. Das war´s." Ritter schreibt kurze Notizen mit. „Das müssen wir auf jeden Fall als Zeugenaussage aufnehmen."

In dem Moment wird über Funk ein Fund gemeldet. Stine und Ritter begeben sich zum Fundort und stehen vor einer männlichen Leiche. Daneben liegt ein Rucksack. „Ich kenne den," Stine beugt sich über den

Körper. „Das ist Josef Meier aus Abenden. Wir haben uns gestern mit ihm wegen dem Mord an Wissen unterhalten. Genau wie Wissen war der Meier auch Hobbyarchäologe und auf der Suche nach dem verfluchten Legionsadler." „Schau mal hier," bemerkt Ritter. „Das könnte, genau wie in Mützenich, ein Kurzschwert sein. Das wird die KTU sicher feststellen. Ich melde der Leitstelle, dass die Straße mindestens noch ein paar Stunden gesperrt bleibt. Die Kollegen sichern den Fundort ab und wir zwei können hier sowieso nichts mehr machen. Fahren wir also zur Adresse des Herrn Meier und benachrichtigen die Angehörigen."

Am Haus von Meier angekommen wird die Tür von Frau Meier geöffnet. „Polizeidirektor Ritter und das ist meine Kollegin Hauptkommissarin Hartmann. Frau Meier?" stellt sich Ritter vor. „Ja," Frau Meier wundert sich. „Worum geht es?"

„Dürfen wir reinkommen," fragt Stine. Frau Meier bittet die beiden Polizisten ins Haus und geht in die Küche. Stine setzt sich neben Frau Meier und Ritter sitzt gegenüber. „Kann ich Ihnen etwas anbieten," erkundigt sich Frau Meier. „Kaffee, Tee oder Wasser?" „Frau Meier," bedrückt berichtet Ritter. „Wir haben ihren Mann tot aufgefunden. Unser Beileid."

Frau Meier sieht den Polizisten ungläubig an. Es dauert einen Moment bevor die Worte zu ihr durchgedrungen sind. Ohne Vorwarnung fängt sie an zu zittern und sie schüttelt ungläubig den Kopf. Stine nimmt die arme Frau in den Arm und bei Frau Meier fließen die Tränen. „Das kann nicht sein," versucht Frau Meier das unvermeidliche abzuwenden. „Er ist kerngesund und auf dem Wanderweg im Badewald unterwegs. Was ist denn eigentlich passiert?"

„Wir haben ihren Mann an der Landstraße unterhalb der Juffernley gefunden. Genaueres wissen wir noch nicht," berichtet Stine. „Haben sie jemanden der sich um sie kümmern kann?" Frau Meier ist immer noch ziemlich durcheinander und wechselt in den Dialekt. „Dat Nellie vun nevvenaan, dat es ming Fründing. Kann ich minge Mann noch ens sinn?"

„Er wird nach Aachen zur Gerichtsmedizin gebracht. Sobald es möglich ist sagen wir ihnen Bescheid," erklärt Stine. „Ritter verlässt das Haus und holt die Nachbarin. Unterwegs erklärt er dieser die Situation. Danach verabschieden sich die beiden Polizisten. „Hier ist meine Karte, sie können mich jederzeit anrufen." Ritter überreicht den beiden Frauen seine Visitenkarte.

„Ich verhafte ja lieber zehn Verbrecher am Tag als einmal den Angehörigen eine Todesnachricht zu überbringen!" stöhnt Stine nachdem die beiden wieder im Auto sitzen. „Das ist auch nicht meine Lieblingsbeschäftigung, muss aber auch sein," antwortet Ritter. „Dann werde ich dich jetzt mal nach Hause fahren. Da hast du auch Erklärungsbedarf." „Das kannst du laut sagen. Die Freundin von Thomas sah ziemlich fertig aus." „Ich fahr nochmal zur Dienststelle," erklärt Ritter. „morgen früh sollten wir uns alle in Kreuzau treffen und ich setze für den Nachmittag noch eine Pressekonferenz an."

Als Stine kurz darauf das Wohnzimmer betritt wird sie von sechs fragenden Augen angesehen. „Ihr platzt ja vor Neugier!" stellt sie fest. „Ich kann euch folgendes sagen: Wir haben einen Toten gefunden. Wie er gestorben ist steht noch nicht fest. Für uns Bestand die ganze Zeit keine Gefahr." „Mama," erklärt Thomas. „Solveig und ich wollten eigentlich ruhige Tage in der Rureifel verbringen. Stattdessen sind mir mitten in deine Ermittlungen geraten. Wir haben daher beschlossen morgen nach Stockholm weiterzureisen. Papa bringt uns zum Flughafen." „Tut mir leid für euch zwei. Normalerweise ist das hier eine ruhige Gegend. Wenn ihr wirklich morgen weiterwollt, sollten wir es uns heute Abend gemütlich machen."

14

„Also, du Schnarchnase, wie weit bist du mit dem Adler?" Unsanft wird Klinker vom Klingeln seines Handys geweckt. Nachdem der Anruf annimmt, wird er direkt von Dieter Munster angeschnauzt. „Mensch, Dieter, dir auch einen guten Morgen," versucht er etwas Zeit zu gewinnen. „Ich habe eine ganz heiße Spur." „Die Zeit läuft," Munster baut wieder Druck auf. „Ach, übrigens. Igor steht schon in den Startlöchern. Ich kann den gerade noch zurückhalten. Du hast noch drei Tage. Danach kann ich nichts mehr für dich tun."

Das Gespräch wird beendet und Klinker steht der Schweiß auf der Stirn. Schon wieder gerät er in Panik. Er stiefelt nervös durch seine Wohnung. „Drei Tage!" murmelt er vor sich hin. „Spätestens morgen sollte ich den Fähnchen mal auf den

Grund gehen. Hoffentlich sind die Bullen bis dahin aus der Gegend verschwunden."

Stine parkt ihren Dienstwagen vor dem Gebäude der Polizeiwache in Kreuzau. Schon im Eingangsbereich wird sie von Polizeimeister Kleine abgefangen. „Frau Hauptkommissarin, sie sollen direkt zum Chef kommen." „Guten Morgen Herr Kleine, soviel Zeit muss sein," Stine begrüßt den Polizeimeister. „Dann gehe ich am besten direkt zu ihm."

Sie geht zum Büro von Polizeidirektor Ritter, klopft an und betritt das Büro. „Guten Morgen Stine," begrüßt Ritter die Ermittlerin. Er deutet auf eine weitere Person im Büro. „Das hier ist Dr. Corinna Nickenich, die für uns zuständige Staatsanwältin." „Guten Morgen zusammen," begrüßt Stine die Anwesenden und gibt der Staatsanwältin die Hand. „Guten Morgen Frau Hartmann" die Staatsanwältin schüttelt die ihr angebotene Hand.

Stine denkt sich. „Meine Güte. Wenn ich ein Mann wäre, würde diese Frau genau in mein Beuteschema passen." Ein paar Sekunden belauern sich die beiden Frauen bevor sie von Ritter aus den jeweiligen Gedanken geholt werden. „Frau Dr. Nickenich ist neu bei der Staatsanwaltschaft Aachen. Neben den allgemeinen Aufgaben in Aachen ist sie vor allem für uns zuständig. Alles, was wir von der Staatsanwaltschaft brauchen, geht über ihren Schreibtisch."

„Genauso ist es. Bis vor ein paar Wochen war ich noch bei der Staatsanwaltschaft in Düsseldorf. Ich werde dieses Jahr fünfunddreißig. Da ich aus der Nordeifel stamme und mir endlich in der Heimat eine Familie aufbauen möchte, habe ich mich um eine Versetzung nach Aachen bemüht." Ritter schaut auf die Uhr. „Dann wollen wir mal," fordert er die Damen auf. „Die anderen Kollegen und Kolleginnen werden wahrscheinlich schon auf uns warten."

„Ich muss noch schnell in mein Büro."
Stine holt aus ihrem Büro die Unterlagen
und geht dann zum Besprechungszimmer.
„Guten Morgen," begrüßt Stine die Anwesenden. „Bevor wir loslegen," erklärt Ritter. „Neben mir sitzt Staatsanwältin Dr.
Nickenich von der Staatsanwaltschaft in
Aachen. Sie ist für alles, was die SOKO
Rureifel betrifft, zuständig." Frau Dr. Nickenich begrüßt die Anwesenden.

„Dann man tau. Herr Dr. Herbst, möchten
Sie anfangen?" fragt Stine den Gerichtsmediziner. „Der Tote wurde, genau wie
das erste Opfer, mit einem Kurzschwert
getroffen. Das war aber nicht die Todesursache. Gestorben ist er an einem Genickbruch durch den Sturz vom Felsen. Wir
haben im Brustbereich Druckspuren festgestellt, das heißt, der Tote wurde vom

Felsen gestoßen. Das war die Zusammenfassung, den ausführlichen Bericht schicke
per E-Mail."

„Vielen Dank, Herr Dr. Herbst," bedankt
sich Stine beim Gerichtsmediziner. „Wenn
er vom Felsen gestoßen wurde, erklärt sich
auch der Schrei den ich gehört habe. Dann
wollen wir doch mal hören, was die KTU
noch alles gefunden hat. Herr Sievernich,
bitte!" „Also, wir haben auf dem Trampelpfad zum Felsen verschiedene Fußspuren
gefunden. Eine davon gehört dem Opfer.
Von den anderen haben wir Gipsabdrücke
gemacht. Die erste ist Schuhgröße 44," er
öffnet, nacheinander, die entsprechenden
Bilder. „die zweite ist Schuhgröße 39 und
die dritte Größe 42."

Stine unterbricht. „Die Zweite und die
Dritten gehören mir und meinem Mann."
„Auffällig an dem ersten Abdruck ist,"
Sievernich fährt mit seinen Ausführungen
fort. „Es sind Wanderschuhe, doch die

Sohle hat kaum noch Profil. Das Blut auf dem Felsenkopf stammt vom Opfer. Weder auf dem Felsen noch an den Kleidungsstücken des Opfers befindet sich Fremd-DNA. Im Rucksack des Opfers befanden sich Utensilien wie sie von Hobbyarchäologen bei der Sondensuche verwendet werden." „Wurde denn so ein Gerät gefunden?" fragt Kriminaloberkommissar Richter. „Nein." „Sollte der Täter das Gerät mitgenommen haben," überlegt Stine. „Dann hat er eventuell den entscheidenden Fehler begangen. Vielen Dank Herr Sievernich."

Herbst und Sievernich schalten sich aus der Konferenz raus. „Wir müssen nur das Gerät bei jemanden finden und haben dann den Täter?" fragt Ritter in die Runde. Oberkommissarin van Skeet schaltet sich in die Diskussion ein. „Wir haben vier Hinweise auf den Täter. Schuhgröße, Profil der Sohle, die gestohlene Sonde und ein dunkler SUV. Wer käme denn aus dem Kreis der Verdächtigen in Frage?"

Ihr Kollege und Lebensgefährte Kommissar Merzenich denkt den Gedanken seiner Kollegin weiter. „Bisher hatten wir vier Verdächtige. Zillke und Klein haben ein wasserdichtes Alibi für den ersten Mord. Bleiben noch zwei. Meier hat ein astreines Alibi für den zweiten Mord, er ist das Opfer. Damit haben wir nur noch Klinker als Hauptverdächtigen."

„Machen wir an der Stelle eine kurze Pause," schaltet sich Ritter ein. „Miro hat danach für uns auch noch Informationen." Die Kommissare Keller, Richter und Merzenich gehen an die frische Luft und suchen sich eine ruhige Stelle.

„Bin ich froh," erleichtert beginnt Merzenich das Gespräch. „dass ich meine Marie habe. Die Staatsanwältin ist ja ein richtiger Schuss." „Die ist doch viel zu jung für dich," knufft Keller den Kollegen in die Seite. „und für mich zu alt. Aber bei der werden noch andere Stielaugen kriegen und das Sabbern anfangen. Wie sieht es denn eigentlich bei dir aus, Jonas?" Der Angesprochene schreckt aus seinen Gedanken auf.

„Wie, was?" Merzenich lacht. „Wir haben nur überlegt ob die Staatsanwältin etwas für dich wäre." „Ihr seid doof!" wehrt sich Richter. „Aber es stimmt. Ich sitze genau gegenüber. Jedes Mal wenn ich in deren Blickfeld gerate, flattern bei mir die Schmetterlinge. Miro, können wir die Plätze tauschen. Ich glaube mein Herz macht das nicht länger mit." Er fast sich lachend an die linke Brust.

In der Zwischenzeit wurde die Staatsanwältin von den weiblichen Ermittlern auf den Stand der Dinge gebracht. Zwischen den Frauen entwickelte sich in der kurzen Zeit eine angenehme Arbeitsatmosphäre.

Polizeidirektor Ritter zog sich in sein Büro zurück und atmete erstmal tief durch. Da er zurzeit Single ist, läuft die ganze Zeit sein Kopfkino in Dauerschleife.

15

Nach der kurzen Pause treffen sich alle wieder im Besprechungsraum. Jonas und Miro haben die Plätze getauscht. Stine wundert sich ein wenig. „Miro oder Michelle. Was habt ihr bei der weiteren Internetrecherche noch herausgefunden?"
„Miro ist nach der Pause ein wenig sprachgestört," erklärt Michelle Winter. „Daher übernehme mal. Da wir vor der Pause Klinker als Hauptverdächtigen bestimmt haben, trage ich nur die Fakten über Klinker vor."

Kommissarin Winter, die jüngste in der Runde, blättert kurz durch ihre Unterlagen. „Also, Klinker wurde in Bonn geboren. Er ist jetzt 38 Jahre alt und hat den Bachelor of Arts im Bereich der römischen Rheinprovinzen. Vor vier Jahren wurde er wegen Unterschlagung und Hehlerei von archäologischen Fundstücken zu zwei Jahren auf Bewährung verurteilt. Gefunden haben wir auch ein Betretungs- und Spielverbot des Casinos in Aachen. Laut Finanzauskunft steht es mit seinem Konto auch nicht zum Besten. Finanziell wurde er, bis vor Kurzem, von seinem Vater unterstützt. Dieser lebt in Bonn. Adresse habe ich dem Bericht beigefügt."

„Gut Arbeit!" stellt Stine fest. Mit einem Blick zur Staatsanwältin fragt sie: „Frau Dr. Nickenich, reicht das für eine Durchsuchung der Wohnung?" „Frau Hartmann, Kollegen und Kolleginnen, das sind alles nur Vermutungen. Ein echtes Indiz für die Täterschaft von Klinker haben wir noch nicht. Bevor wir die Wohnung durchsuchen, sollten wir den Herrn nochmal vorladen und mit den Vermutungen konfrontieren." „Dann machen wir das so," Stine ist ein wenig enttäuscht, kann aber die Argumente von der Staatsanwältin nicht widerlegen.

„Marie und Jochen, wenn ihr gleich nach Monschau zurückfahrt, ladet den Klinker für morgen 11:00 Uhr nach Kreuzau vor. Dann hat er noch genügend Zeit, seinen Rechtsanwalt zu benachrichtigen. Damit machen wir heute Schluss. Michael und ich haben nachher noch eine Pressekonferenz. Ich glaube, heute werden wir nicht so einfach mit denen fertig wie beim ersten Mord."

Nachdem die Kollegen und Kolleginnen aus Simmerath und Monschau abgefahren sind und Dr. Nickenich sich verabschiedet hatte, gehen Stine, Miro und Michael in die gegenüberliegende Grillstube und gönnen sich erstmal eine Mittagspause. Während die drei auf ihr Essen warten, überlegen sie, welche Fakten an die Öffentlichkeit dringen dürfen. „Wir sollten damit rechnen, dass der Klinker auch Zeitung liest   oder Lokalzeit Aachen schaut. Daher sollten wir kein Täterwissen bekanntgeben," stellt Stine fest. „Du, Michael verliest wieder unsere offizielle Pressemitteilung und danach werde ich aufkommende Fragen beantworten." „Können wir so machen," bestätigt Ritter. „Ich komme mit den Presseleuten sowieso nicht so richtig parat." „Wie kommen wir denn an die Schuhe von Klinker?" fragt Miro Keller in die Runde. „Warten wir erstmal die Vernehmung morgen ab," beruhigt Stine ihren Kollegen. In dem Moment wird das Essen serviert und die drei lassen es sich schmecken.

Auf dem Weg zurück zur Polizeiwache bemerken die drei Ermittler schon die ersten Pressevertreter. Neben der schreibenden Presse ist auch Herr Gerdes vom WDR und der Lokalreporter von Radio Rur schon eingetroffen. „Für heute haben sich auch Lokalreporter von der Boulevardpresse angemeldet. Die beiden Fälle schlagen anscheinend hohe Wellen," berichtet Polizeidirektor Ritter.

„Dann wollen wir die Meute mal reinlassen. Einige müssen ja noch das Equipment aufbauen." Die drei gehen über die Straße und bitten die Pressevertreter in den Besprechungsraum. Stine und Miro gehen zuerst noch in das gemeinsame Büro und Stine nimmt sich ihre Unterlagen. Danach geht sie in den Besprechungsraum. Ritter schaut sich in der Runde um, nachdem alle soweit sind, begrüßt er die Anwesenden und verliest die offizielle Presseerklärung.

„Am gestrigen Nachmittag wurde die Leiche einer männlichen Person an der L249 unterhalb der Felsengruppe Juffernley auf Höhe der Ortschaft Blens gefunden. Es handelt sich um eine Person aus dem Stadtgebiet Nideggen. Wir untersuchen zurzeit die Umstände und die Leiche wurde zur Obduktion nach Aachen verbracht."

Sofort nach der Erklärung gehen alle Hände zur Wortmeldung hoch. Damit hatte Stine im Vorfeld nach der knappen Mitteilung schon gerechnet. Sie beantwortet zuerst die Fragen der schreibenden Presse mit nichtsagenden Aussagen, danach erteilt sie Simon Gerdes vom WDR das Wort.

„Frau Hartmann," fängt Gerdes an. Die beiden haben sich darauf geeinigt, den Dienstgrad wegzulassen. „Wir haben in den letzten Tagen zwei Tote, vermutlich ermordet und beide Hobbyarchäologen, und sie kommen mit nichtsagenden Erklärungen daher. Haben Sie eigentlich schon jemanden im Visier oder tappen sie noch völlig im Dunkeln?"

„Herr Gerdes," entrüstet erwidert Stine die provokante Frage. „Woher wollen Sie eigentlich wissen das die Toten Hobbyarchäologen waren?" „Ich habe meine Hausaufgaben gemacht. Der erste Tote ist Günther Wissen aus Imgenbroich, dieser war auf der Suche nach Spuren der Schlacht bei Aduatuca. Genauso wie der zweite Tote, Josef Meier aus Abenden."

„Da muss ich ihnen recht geben. Sie können aber sicher sein, dass wir unsere Hausaufgaben ebenfalls machen und die Ermittlungen zielgerichtet durchführen. Zurzeit können wir ihnen aber keine weiteren Informationen geben." Danach ist die Pressekonferenz beendet. Stine verabschiedet sich von Michael Ritter.

„So, Feierabend. Ich packe meinen Kram zusammen und fahre dann nach Hause. Mal sehen, ob der Gerdes es heute in die Sendung geschafft hat. Schönen Feierabend."

Zu Hause angekommen entspannt sich Stine so langsam. Ihr Mann hat schon das Abendessen vorbereitet. Pünktlich um

19:30 Uhr setzen sich beide ins Wohnzimmer. Martin schaltet den Fernseher ein und die Lokalzeit aus Aachen beginnt. Der Beitrag von Simon Gerdes ist der Aufhänger der Sendung. Der Beitrag läuft und nach einigen Minuten springt Stine entrüstet auf. „Der spinnt doch! Wie kann er behaupten, dass wir im Dunkeln tappen. Uns fehlen nur noch einige Puzzleteile und der Fall ist gelöst. Das können wir aber nicht auf der Pressekonferenz sagen."

Martin beruhigt seine Frau. „Schatz, komm mal wieder runter. Ich glaube, du und der Gerdes werdet in diesem Leben keine Freunde mehr. Wenn der Gerdes den Bericht als eine Huldigung an eure Arbeit verfasst, kommt der noch nicht mal als Kurzbeitrag in der Sendung vor." „Trotzdem, das ist unverschämt, unsere Arbeit so schlecht zu machen."

16

Noch immer aufgebracht betritt Stine die Dienststelle in Kreuzau und rauscht wie ein Racheengel in ihr Büro. Ihr Kollege Miro Keller blickt erschrocken auf. „Morgen Stine, was ist denn mit dir los?" „Morgen, hast du gestern keine Lokalzeit gesehen? Der Gerdes hat uns wie Volltrottel dargestellt. Ich bin immer noch stinkesauer!" „Dann wird dich das hier erfreuen," Keller überreicht seiner Kollegin ein Foto rüber. „Was ist das?" Stine schaut auf das Foto.

„Ist das nicht Klinker? Wo ist der denn geblitzt worden?" „Das ist die stationäre Anlage zwischen Blens und Hausen. Schau mal auf das Datum und die Uhrzeit." „Super, Vorgestern und kurz nach dem ich den Schrei gehört habe. Das sollte der Staatsanwältin reichen. Ich ruf die Frau Dr. Nickenich direkt an. Gute Arbeit, Miro! Kannst du mal das Kennzeichen überprüfen." „Lass doch den Chef anrufen, ich glaube, der hat ein Auge auf die Staatsanwältin geworfen." Stine lacht. „Ritter und die Nickenich? Der ist viel zu alt. Na gut, ich gehe gleich mal rüber."

Stine betritt das Büro von Polizeidirektor Ritter. „Morgen Michael, du solltest mal mit der Staatsanwältin telefonieren. Der Klinker war vorgestern nachweislich im Bereich Blens," sie zeigt ihm das Foto. „wir sollten uns doch mal die Wohnung und das Auto mit dem Düsseldorfer Kennzeichen ansehen." „Klinker kommt doch nachher zum Verhör. Vielleicht können wir während seiner Anwesenheit bei uns in die Wohnung," enthusiastisch greift Ritter zum Telefon und wählt die Nummer von Dr. Nickenich.

Er berichtet der Staatsanwältin die neue Entwicklung und legt nach ein paar Minuten wieder auf. „Der Durchsuchungsbeschluss geht klar," berichtet er seiner Kollegin. „ich rufe direkt die Kollegen in Monschau an. Das mit dem Auto ist schwieriger, hier müssen wir erstmal den Besitzer ermitteln." „Miro ist dran," erklärt Stine und begibt sich wieder in ihr Büro.

In der Gewissheit, dem Täter einen Schritt näher zu kommen, bereitet sich Stine auf das anstehende Verhör vor. Sie sieht sich noch mal das Videomaterial des ersten Gespräches mit Klinker in Monschau an. „Ich störe dich nur ungern," berichtet Miro Keller. „Der Klinker fährt tatsächlich kein eigenes Auto. Ich habe gerade mit dessen Vater telefoniert. Der Wagen ist auf den Vater angemeldet und in Bonn angemeldet. Das Kennzeichen aus Düsseldorf ist gefälscht." Stine klatscht in die Hände.

„Super. Klinker, der Strick um deinen Hals wird immer enger. Wir machen das nachher so. Der Chef und ich führen das

Verhör, du kommst zwischendurch rein und gibt's uns das Foto. Damit nageln wir den fest, da kann selbst Zorngiebel nichts mehr machen!"

Um kurz vor 11:00 Uhr meldet Polizeimeister Kleine das Eintreffen von Klinker und seinem Rechtsanwalt. „Bring die beiden in den Besprechungsraum und biete denen was zu trinken an. Ich geh den Chef holen," bittet Stine ihren Kollegen. Sie holt Ritter ab und die beiden betreten den Besprechungsraum. Klinker und Rechtsanwalt Dr. Zorngiebel sitzen auf einer Seite des ovalen Tisches, sie haben beide eine Tasse Kaffee vor sich.

„Guten Morgen Herr Klinker, Herr Dr. Zorngiebel," begrüßt Michael Ritter die beiden Gäste mit Handschlag. „Mein Name ist Polizeidirektor Michael Ritter und neben mir ist meine Kollegin Hauptkommissarin Kristine Hartmann, Leiterin der SOKO Rureifel."

Auch Stine begrüßt die beiden mit Handschlag. Bevor die beiden Polizisten das Gespräch weiterführen können, poltert Zorngiebel los. „Können Sie mir mal erklären was das Ganze hier soll. Mein Mandant und ich müssen innerhalb von Tagen zweimal hier antanzen und wieso müssen wir dafür extra von Monschau nach Kreuzau kommen?"

Stine denkt sich: „Weil wir hier eine Verwahrzelle haben." Sie ist voll und ganz der Überzeugung den Mörder von Wissen und Meier vor sich zu haben. "Herr Dr. Zorngiebel," setzt Stine zur Erklärung an. „Vor einigen Tagen haben wir ihren Mandanten als Zeugen befragt. Heute werden wir Herrn Klinker als Beschuldigten in zwei Mordfällen befragen. Ich werde Herrn Klinker gleich über seine Rechte aufklären und frage Sie, ob Sie mit der Aufzeichnung der Befragung einverstanden sind?"

Bevor der Rechtsanwalt zu einer Schimpftirade ansetzen kann, klopft es an der Tür und kurz danach betritt Frau Dr. Nickenich den Besprechungsraum. Das Auftreten der Staatsanwältin bewirkt, dass Zorngiebel und Klinker erstmal Ruhe geben.

„Guten Morgen zusammen. Mein Name ist Dr. Nickenich, Staatsanwältin," stellt sie sich vor. Nachdem der Rechtsanwalt seine Schockstarre überwunden hat, poltert er direkt wieder los. „Frau Dr. Nickenich, gut, dass Sie gekommen sind. Diese beiden Dorfpolizisten," er zeigt mit dem Zeigefinger auf Hartmann und Ritter. „wollen meinen Mandanten als Beschuldigten verhören. Das ist doch absoluter Blödsinn."

„Herr Dr. Zorngiebel, halten sie sich mit den Äußerungen gegenüber Polizeidirektor Ritter und Hauptkommissarin zurück. Ich kenne den Vorgang genau und daher sollten die Beiden endlich mit der Befragung beginnen. Bitte Frau Hartmann." Den letzten Satz sagt sie in Richtung Stine und schiebt ihr das Foto von der Geschwindigkeitsüberschreitung zu.

„Herr Klinker, wo waren Sie vorgestern zwischen 15:00 Uhr und 18:00 Uhr?" wendet sich Stine direkt an den Verdächtigen. „Das kann ich Ihnen genau sagen," setzt Klinker zur Antwort an. In dem Moment klingelt das Handy von Rechtsanwalt Zorngiebel. Er schaut auf das Display, zeigt Klinker den Anrufer und unterbricht die Aussage von Klinker. „Moment, das ist wichtig. Ich muss da mal rangehen. Keine weiteren Fragen an meinen Mandanten solange ich nicht dabei bin!" bestimmt er und verlässt den Raum.

Nachdem der Rechtsanwalt den Raum verlassen hat, bricht Klinker zusammen. „Sie müssen mich schützen. Sehen sie zu, dass wir den Zorngiebel loswerden und ich lege ein volles Geständnis ab," mit zitternden Händen beschwört er die Ermittler.

Der Rechtsanwalt betritt nach ein paar Minuten wieder den Raum. Stine setzt die Vernehmung fort. „Nochmal Herr Klinker, wo waren sie vorgestern zwischen 15:00 Uhr und 18:00 Uhr?" „Da war ich in Düren mit Kollegen verabredet," antwortet Klinker. „Ach ja," Stine legt das Foto auf den Tisch. „Und wieso wurde dann von Ihnen dieses Foto um genau 15:48 Uhr von der Überwachungskamera in Blens geschossen. Sie lügen! Außerdem wird genau in diesem Moment ihre Wohnung durchsucht. Was werden wir bei Ihnen finden? Wanderschuhe mit abgelaufener Sohle in Größe 44 und den Metalldetektor von Meier. Ich nehme Sie vorläufig fest wegen Verdacht des Doppelmordes."

Zorngiebel ist entrüstet. „Sie haben keine stichhaltigen Beweise für ihre Vorwürfe.

Ich werde mich jetzt mit meinem Mandanten verabschieden!" Hier schaltet sich Frau Dr. Nickenich ein. „Herr Rechtsanwalt, lesen sie sich doch bitte mal diese Schreiben durch." Sie legt einen Haftbefehl und einen Durchsuchungsbeschluss dem Rechtsanwalt vor. „Wie sie sehen sind beide von dem zuständigen Richter unterschrieben und damit gültig."

Die Gesichtsfarbe von Zorngiebel wechselt von zartrosa zu dunkelrot. „Dann kann ich hier nichts mehr machen. Ich will aber bei weiteren Vernehmungen von Herrn Klinker dabei sein." Er packt seine Sachen zusammen und rauscht aus dem Raum.

„Wir machen jetzt erstmal eine Pause," bestimmt Polizeidirektor Ritter. „Nach der Pause sollten Sie, Herr Klinker, uns alles schonungslos sagen. Sonst können wir nichts für Sie tun."

17

„Dieter, die Bullen haben den Klinker hops genommen," Zorngiebel telefoniert mit Dieter Munster. „Ich konnte nichts dagegen machen. Haftbefehl und Durchsuchungsbeschluss lagen vor." „Mach dir keine Sorgen, Gebhardt," versucht Munster seinen Rechtsanwalt zu beruhigen. „Wenn der Idiot nicht zu viel quasselt, können die mir gar nichts. Sollte der aber in Plauderlaune sein, habe ich immer noch Igor."

Im Besprechungsraum der Dienststelle Kreuzau wird das „Gespräch" mit Klinker fortgesetzt. „Ohne Rechtsanwalt dürfen wir Sie, Herr Klinker, nur als Zeugen befragen," erklärt Staatsanwältin Dr. Nickenich die rechtliche Lage. „Wir werden keine Aufzeichnung machen. Ich verlange nur von Ihnen, dass sie nachher ein Protokoll des Gespräches unterzeichnen."

„Damit," bestätigt Klinker. „Bin ich einverstanden." „Dann fangen Sie mal an," fordert Stine den Verdächtigen auf. „Anfänglich wollte ich wirklich nur den Legionsadler finden. Durch meine Spielsucht habe ich aber mit der Zeit einen Schuldenberg aufgebaut," erklärt Klinker. „Bei wem haben Sie denn Schulden?" hakt Stine nach. „Auf dem Konto sind sie doch einigermaßen im grünen Bereich."

„Ich habe das meiste Geld beim illegalen Glücksspiel verloren. Es besteht ja ein Betretungsverbot für das Casino in Aachen. Durch die Schulden wurde ich unter Druck gesetzt und wurde gezwungen, den Adler unter allen Umständen zu finden, und dann auszuliefern. Damit würden alle Schulden getilgt."

„Nochmal, Herr Klinker," auch der Staatsanwältin reichen die bisherigen Ausführungen nicht. „Wenn wir Ihnen helfen sollen, will ich keine Banalitäten. Ich will klare Aussagen. Beim wem haben sie Schulden, vom wem wurden sie unter Druck gesetzt, wurden Sie zu der Ermordung von Wissen und Meier gezwungen?"

„Ich wollte so schnell wie möglich an Informationen zu den eventuellen Fundorten kommen. Da aber weder Wissen noch Meier einen blassen Schimmer hatten, habe ich die Beiden aus Frust ermordet. Die Schulden habe ich bei Dieter Munster aus Düren. Bei dem haben wir auch immer gespielt. Der hat ´ne Sammlung von historischen Teilen, teilweise legal und teilweise illegal beschafft. Da ich Archäologe bin, kamen wir vorab ins Gespräch. Ich habe Munster ein paarmal besucht und er hat mir seine Sammlung gezeigt. Der hat im Haus einen Anbau. Durch eine versteckte Tür im Wohnzimmer kann man den Raum betreten. Nachdem der Schuldenberg angewachsen war, machte er mir den Vorschlag den Legionsadler zu finden und ihn als Tilgung der Schulden den Adler auszuhändigen. Mit der Ermordung der beiden Hobbybuddler hat er nichts zu tun."

„Der „nette" Herr Munster ist bei uns bekannt," erklärt Polizeidirektor Ritter. „Der betreibt drei Bordelle im Kreis Düren. Wobei Bordelle dürfen wir nicht mehr sagen. Er besitzt drei Mehrfamilienhäuser und vermietet die Wohnungen an Prostituierte. Bisher konnten wir ihm aber nichts nachweisen. Reicht das für eine Hausdurchsuchung?" Er wendet sich an die Staatsanwältin.

„Ich kümmere mich direkt darum." Sie verlässt den Besprechungsraum. „Herr Klinker, sie werden jetzt unsere gekachelten Übernachtungsmöglichkeiten kennenlernen," erklärt Stine. „Und dann so schnell wie möglich dem Haftrichter vorgeführt." Sie ruft Polizeimeister Kleine und lässt Klinker abführen. „Ich traue dem

Munster alles Mögliche zu," überlegt Ritter. „Ich werde zur Hausdurchsuchung das SEK anfordern." „Dann werde ich mal die anderen Kollegen und Kolleginnen alarmieren und auch ein paar Beamte aus Düren anfordern." Stine und Ritter begeben sich in Ihre Büros.

Zehn Minuten später treffen sich die Ermittler und die Staatsanwältin wieder im Besprechungsraum. „Der Durchsuchungsbeschluss ist durch, ich habe vom Richter auch noch einen Haftbefehl bekommen," berichtet Dr. Nickenich. „Die anderen Kollegen und Kolleginnen der SOKO und aus Düren sind auf Abruf," erklärt Stine. „Wie sieht es mit dem SEK aus, Michael?" „Ich habe mit Jochen Mittag, dem Leiter der SEK Einheit telefoniert. Die können frühestens morgen um fünf Uhr in Düren sein." „Sehr gut, dann lass uns das Ganze auf 5:30 Uhr ansetzen."

Am nächsten Morgen sammeln sich die Einsatzkräfte auf dem Parkplatz eines Baumarktes in der Nähe der Monschauer Straße in Düren. „Wir werden das Haus komplett umstellen," erklärt Stine den Plan. „Frau Dr. Nickenich und ich werden ganz normal an der Haustür klingeln. Bei der Durchsuchung des Hauses werden wir ganz normal vorgehen und uns den wahren Grund nicht anmerken lassen. Erst nachher werden wir nach dem versteckten Zugang suchen. Seid vorsichtig!"

Ein paar Minuten später ist das Haus in der Monschauer Straße umstellt und Frau Dr. Nickenich und Stine klingeln an der Haustür. Es dauert eine ganze Weile, bevor die Tür geöffnet wird. Vor den beiden Frauen steht ein vierschrötiger Mann. „Was soll die Bimmelei am frühen Morgen?" „Guten Morgen," die Staatsanwältin ergreift das Wort. „Mein Name ist Dr. Nickenich, Staatsanwältin, neben mir ist

Hauptkommissarin Hartmann, wir haben einen Dursuchungsbeschluss für dieses Anwesen." Der Mann versucht die Haustür zu schließen, doch den Versuch sah Stine voraus und schiebt sich in die Türe.

Gleichzeitig stürmen SEK Beamte an den beiden Frauen vorbei und sichern den Eingangsbereich. Weitere Polizeibeamte kommen ins Haus. „Können Sie mir, verdammt nochmal, erklären was das Ganze hier soll?" Aus dem Schlafzimmer kommt ein verschlafener Dieter Munster heraus. „Herr Munster, nehme ich an?" fragt Stine. „Wir haben einen Durchsuchungsbeschluss!" Sie überreicht das Schriftstück. „Die Kollegen und Kolleginnen werden jetzt das komplette Haus durchsuchen." Stine gibt den wartenden Kräften ein Zeichen und alle verteilen sich im Haus und fangen mit der Durchsuchung an.

Munster schnappt sich sein Telefon und ruft seinen Rechtsanwalt an. „Schwing deinen dicken Arsch aus dem Bett," schnauzt er am Telefon. „Komm sofort in mein Haus. Ich habe die Bullen hier und die stellen das ganze Haus auf den Kopf."

Überraschenderweise rauscht der Rechtsanwalt Dr. Zorngiebel nach wenigen Minuten ins Haus. „Wie können Sie es wagen, einen unbescholtenen Bürger zu nachtschlafender Zeit zu überfallen?" wirft er der Staatsanwältin vor. „Das wird Konsequenzen haben!"

Selbstbewusst antwortet Frau Dr. Nickenich: „Herr Dr. Zorngiebel, wir haben einen gültigen Durchsuchungsbeschluss. Ihrem Mandanten werfen wir Unterschlagung von archäologischen Fundstücken, illegales Glücksspiel, Erpressung und Anstiftung zum Mord vor. Reicht das?" Munster und Zorngiebel rufen beide: „Das ist doch lächerlich".

Es vergeht einige Zeit und bei der normalen Durchsuchung werden keine belasten-
den Beweise gefunden.

Die Mitglieder der SOKO und die Staatsanwältin begeben sich ins Wohnzimmer
und klopfen die Wände ab. Stine findet
den Zugang zum Anbau. „Was befindet
sich hinter dieser Tür?" fragt sie Munster.
Dieser ist ganz perplex. Er erklärt stot-
ternd: „Das ist ein ganz normaler Lager-
raum."

„Öffnen sie die Tür!" „Ich weiß nicht was
sie da zu finden hoffen," schaltet sich
Zorngiebel ein. „Bisher haben sie nichts
Belastendes gefunden! Daher sehe ich die
Durchsuchung als beendet an und möchte
sie bitten, das Haus zu verlassen." „Wenn
sie die Türe nicht freiwillig öffnen, werden wir die Tür mit unseren Mitteln öffnen." Stine gibt den SEK Kräften ein Zeichen.

Nach ein paar Versuchen ist die Tür offen. Die Polizeibeamten betreten den Raum und schauen sich um. „Na, da haben sie sich ja ein kleines Museum eingerichtet," bemerkt Polizeidirektor Ritter. „Hoffentlich haben sie für alle Exponate Herkunftsnachweise!"

Staatsanwältin Dr. Nickenich kramt in Ihrer Aktentasche und zaubert ein Blatt Papier hervor. „Herr Munster, ich habe hier einen Haftbefehl für Sie. Die Vorwürfe habe ich Ihnen ja schon vorher bekanntgegeben." Sie wendet sich an zwei neben ihr stehende Polizeibeamte. „Führen Sie den Herrn ab."

In diesem Moment taucht Frau Munster auf, frisch geduscht und komplett angezogen. „Wieso wird mein Mann verhaftet?" fragt sie in den Raum. „Ihrem Mann werden verschiedene Delikte vorgeworfen," erklärt Stine. „Das Haus wird versiegelt, daher können sie hier ein paar Tage nicht mehr wohnen." „Und wo soll ich dann hin," verzweifelt schaut sich Frau Munster um. „Ich habe noch ein Gästezimmer," beruhigt Zorngiebel die verzweifelte Frau.

Nachdem das geklärt ist, verlassen alle Einsatzkräfte das Haus und Stine versiegelt von außen die Eingangstür.

18

Zurück in der Dienststelle in Kreuzau telefoniert Stine erstmal mit dem Amt für Bodendenkmalpflege. „Wir haben verschiedene Fundstücke beschlagnahmt. Einige ohne Herkunftsnachweis, die sollten sie sich mal ansehen." „Wir werden dann die nächsten Tage vorbeikommen. Vielen Dank."

Nach dem Gespräch begibt sie sich in das Besprechungszimmer. Hier sitzen schon Zorngiebel und sein Mandant Dieter Munster. Anwesend sind auch Polizeidirektor Michael Ritter und Staatsanwältin Dr. Corinna Nickenich. „Dann wollen wir mal anfangen," beginnt Stine. „Herr Munster, wir vernehmen Sie als Beschuldigter zu folgenden Vorwürfen: Unterschlagung von archäologischen Fundstücken, illegales Glücksspiel, Erpressung und Anstiftung zum Mord. Über ihre Rechte sind sie aufgeklärt und wir werden das Verhör aufzeichnen. Wollen sie sich zu den Vorwürfen äußern?" Nach einem Blickkontakt mit seinem Rechtsanwalt entrüstet sich Munster. „Das einzige was ich dazu sage ist: Wegen der Fundstücke können sie mich drankriegen, alles andere müssten sie mir erstmal nachweisen! Mehr werde ich hier nicht sagen!"

Miro Keller, Stines Kollege, stürmt aufgeregt in den Besprechungsraum. „Könntet ihr mal rauskommen?" richtet er die Frage an Stine und Michael. Die beiden gehen gemeinsam vor die Tür. „Was ist?" fragt Ritter. „Vor der Dienststelle steht der Angestellte von Munster und hält einer Kollegin die Pistole an Gesicht. Er verlangt die sofortige Freilassung seines Chefs. Ich habe den Leiter des SEK Kommandos schon Bescheid gesagt. Die sitzen noch gegenüber im Imbiß."

Stine und Ritter gehen vor die Tür und verschaffen sich einen Überblick. Der glatzköpfige Igor klammert eine Polizistin mit dem linken Arm an sich und mit der rechten Hand hält er der Polizistin eine Waffe an die Schläfe. Die Straße an der Wache ist von Einsatzkräften abgesperrt. Stine bemerkt auch die SEK Beamten in Zivil aus dem Imbiss herauskommen. Diese positionieren sich auf der anderen Straßenseite.

Stine geht ganz ruhig auf den Erpresser zu. „Was Sie hier veranstalten, bringt nichts mehr. Ihr Chef ist schon auf den Weg nach Aachen und wird wahrscheinlich gerade dem Haftrichter vorgeführt," versucht sie einen Bluff. „Wenn wir das hier sofort beenden, kommen sie noch einigermaßen Heil aus der Sache raus." „Dann holen Sie den zurück," fordert Igor. „oder die Kleine hier wird keine Karriere mehr machen." Stine geht aufs Ganze. „Sie sind hier komplett umstellt. Seien Sie doch vernünftig. Bisher kommen Sie noch einigermaßen günstig aus der Sache raus. Wenn Sie aber nur den Finger am Abzug einen Millimeter bewegen, dann sehen Sie den nächsten Sonnenaufgang nicht mehr. Geben Sie auf!" Es dauert noch einen Moment bis die Worte der Hauptkommissarin im Gehirn von Igor angekommen sind. Zuerst stößt er die Polizistin von sich, dann legt er vorsichtig die Pistole auf den Boden und hebt beide Arme hoch. Sofort stürzen sich SEK-Beamte auf den Geiselnehmer und legen diesen Handschellen an.

Später, nachdem sich die ganze Aufregung des Tages in der Dienststelle gelegt hatte, sitzen die Ermittler der SOKO Rureifel gemeinsam im Besprechungsraum und arbeiten den Fall auf.

„So, der Fall ist gelöst," meldet sich Polizeidirektor Michael Ritter zu Wort. „Wenn wir hier fertig sind, habe ich noch eine Überraschung für Euch. Wir haben für Heute Abend die Grillhütte in Blens. Für

Essen und Trinken ist gesorgt. Also beeilt Euch um 18:00 Uhr geht es los."

Einige Zeit später sitzen alle an der Grillhütte in Blens und lassen den Abend gemütlich ausklingen. „Nach der ganzen Geschichte mit Kelten, Römern und Legionen," bemerkt Jochen Merzenich, der Kommissar aus Monschau. „komme ich mir vor wie bei Asterix und Obelix. Nach jedem Fall sitzen wir irgendwo gemütlich zusammen und sind froh über die Aufklärung und Verhaftung der Täter." „Moment, wen haben wir denn dann als Troubadix vorgesehen?" fragt Jonas Richter. Er schaut in die Runde und sein Blick bleibt bei Polizeidirektor Ritter hängen. „Nein," wehrt sich dieser vehement. „Ich lasse mich nicht an einen Baum binden und knebeln. Ich kann doch gar kein Instrument spielen und singe nur unter der Dusche."

Ende

Wanderwege

in der

Rureifel

rureifel-tourismus.de

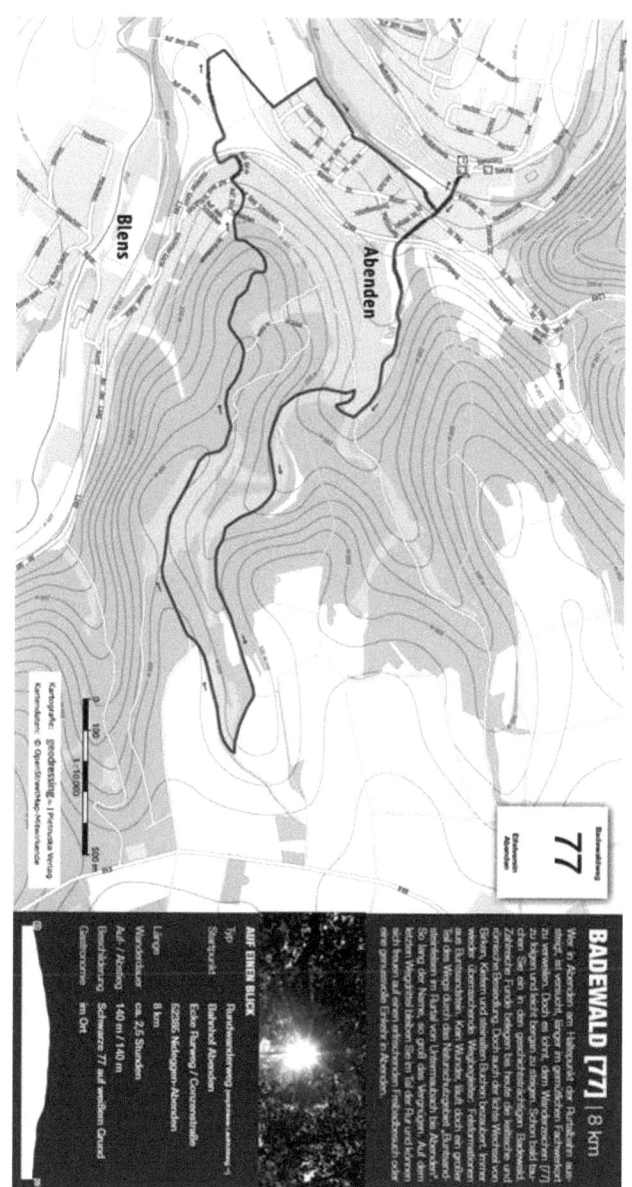